FUSION FANTASTIC STORY
김광수 퓨전 판타지 소설

마계대공 연대기 1
김광수 퓨전 판타지 소설

초판 1쇄 찍은 날 § 2010년 4월 26일
초판 1쇄 펴낸 날 § 2010년 5월 3일

지은이 § 김광수
펴낸이 § 서경석

편집장 § 문혜영
편집 § 유경화

펴낸곳 § 도서출판 청어람
등록번호 § 제1081-1-89호
등록일자 § 1999. 5. 31
어람번호 § 제1-1141호

주소 § 경기도 부천시 원미구 심곡2동 163-2 서경B/D 3F (우) 420-822
전화 § 032-656-4452 팩스 § 032-656-4453
http://www.chungeoram.com
E-mail § chungeoram@chungeoram.com

ⓒ 김광수, 2010

ISBN 978-89-251-2165-9 04810
ISBN 978-89-251-2164-2 (세트)

※ 파본은 구입하신 서점에서 교환하여 드립니다.
※ 저자와 협의하여 인지를 붙이지 않습니다.
※ 이 책은 도서출판 청어람과 저작자의 계약에 의해 출판된 것이므로,
  무단 전재 및 유포·공유를 금합니다.

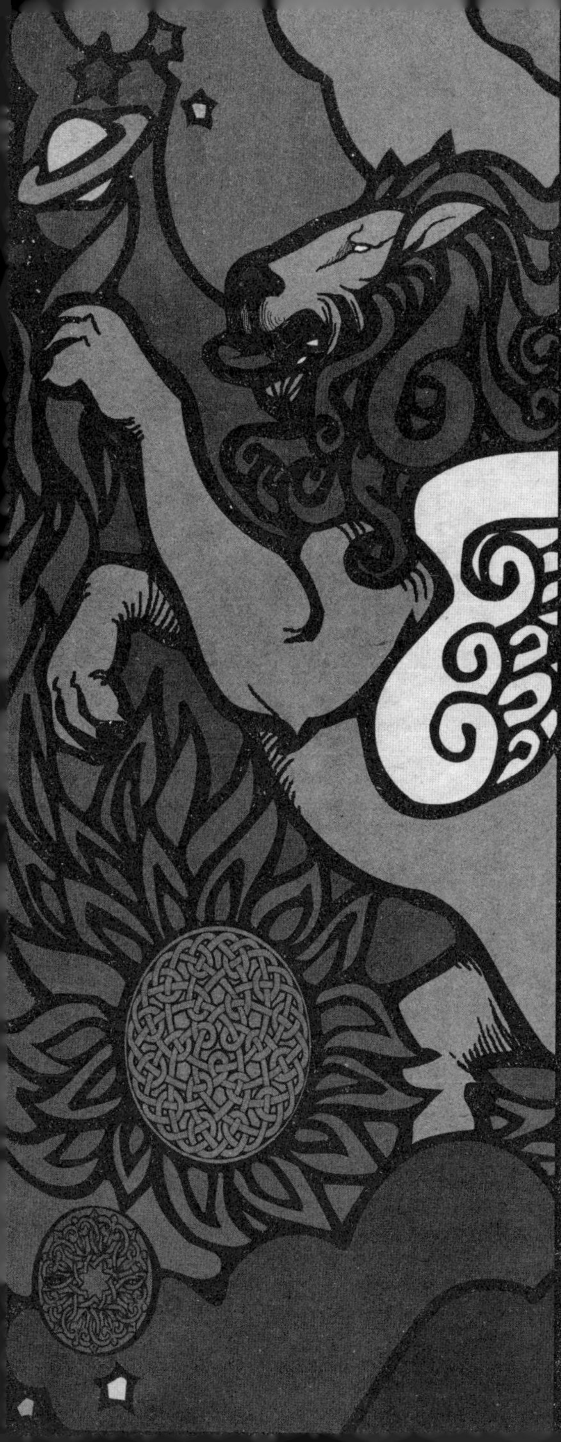

계공대 연대기

1

김광수 퓨전 판타지 소설

FUSION FANTASTIC STORY

Darkness Duke Chronicle

Contents

들어가는 말	6
Chapter 1 참으로 위험한 물건	9
Chapter 2 오빠가 달려간다	35
Chapter 3 태극선기공과 선무도하도	57
Chapter 4 모용미미	89
Chapter 5 피카츄의 추억	111
Chapter 6 모태솔로의 저주와 벼락	133
Chapter 7 마족 미소녀 세를리아	155
Chapter 8 카르얀	171
Chapter 9 누나 달려!	189
Chapter 10 고기 맛이 달라	219
Chapter 11 마계 꽃등심 요리법의 창시자	239
Chapter 12 이판사판 공사판	265
Chapter 13 이 미친 마계 같으니라고!	289

들어가는 말

아무것도 모르고 순수한 독자의 마음으로 글쟁이의 길에 들어선 지 어언 7년이 넘어가고 있습니다.

너무나 부족했지만 저에게는 축복 같았던 '프라우슈 폰 진'을 시발점으로 하여 '21세기 대마법사'까지 일곱 명의 자식이 세상에 태어날 수 있었습니다.

사실 글을 쓰다 보면 언제나 부족한 제 자신의 능력을 실감하게 됩니다.

글쟁이의 길도 끊임없이 공부하면서 발전해 가야 함에도, 현실에 묻혀 공부에 게으르고 상상에 게을러 독자님들을 만족시킬 수 있는 글을 내놓지 못하고 있습니다.

이번 작품도 많이 부족할 것입니다.

아직 덜 자란 아이들을 세상에 내보내는 부모의 마음처럼 안타깝고 아쉬움이 많이 남습니다.

하지만 지금 제가 그릴 수 있는 꿈의 한계는 여기까지기에 얼굴을 붉히며 아이를 세상에 내보내게 되었습니다.

아쉽고 서운할지라도 꿈을 함께 꾸어주실 독자님들을 위하여

어린 자식 같은 글을 내놓으니,
 부디, 너그러운 마음으로 아이들을 대하여 주시기를 청하는 바입니다.
 아직은 미숙하지만 식지 않는 뜨거운 열정으로 태어난 저의 자식들.
 몇몇의 독자님들에게라도 사랑받을 수 있다면 전 그것으로 만족하겠습니다.

 마계대공 연대기.
 이제 시작하겠습니다.
 윤회하는 모든 중생들과 함께 부처님과 불보살님, 신중님들의 지혜를 빌어 울고 웃으며 한바탕 신나게 놀아보겠습니다.
 이 글이 나오기 전까지 커다란 용기와 지혜를 허락해 준 내 사랑하는 가족과 다섯 별들, 울보 경보스님, 그리고 가족 같은 청어람 사장님과 직원 여러분, 동료 작가들에게 지면을 빌어 감사의 인사를 대신합니다.

마계
대공
연대기

"두더지 형님들, 기상하십시오! 해가 중천입니다~!"
올해 유난히 많이 내리는 눈발.
태백산맥을 끼고 있는 산등성이에는 다리까지 빠져 들어가는 눈이 수북이 쌓여 있었다.
'날씨 죽이네~'
서서히 동트는 이른 아침의 강원도 어느 산골짜기.
밤새 내린 눈에 사방에 보이는 것은 눈, 눈, 눈.
올겨울은 지겨울 만도 하건만 아침 햇살에 반짝이는 새하얀 천지는 나를 설레게 만들었다.

들썩들썩.

내 외침에 기상을 준비하는 두더지 형씨들.

사방에서 눈덩어리들이 들썩이며 검은 모자들이 불쑥불쑥 보였다.

"으갸갸갸갸!"

"아이고, 삭신이야. 자다가 얼어 뒈질 뻔했네."

"하이고, 우리 이쁜이는 벌써 일어났네?"

하나둘, 깡깡 얼어붙은 땅을 파고 만든 비트 속에서 기지개를 켜고 일어나는 형님들.

영하 15도에서도 잠을 잘 수 있는 특수 군복을 입고 있고, 비트 안은 항상 영상을 유지하고 있기에 얼어 죽지 않고 아침을 맞이하고 있었다.

'에고, 내 팔자야……'

며칠 동안 씻지 못해 꼬질꼬질한 특수부대 아저씨들의 모습에서 지금의 내 모습이 보였다.

그리고 나오는 한숨.

내 나이 아직 팔팔한 십대의 끝자락.

또래 녀석들은 수능 준비에 학원이다 연애질이다 뭐다 해서 학창 시절의 피크를 보내고 있건만, 내 팔자에는 그런 늘어진 상팔자는 없었다.

'아직 군대도 안 갔건만 이 무슨 생고생이냔 말이냐고!'

설경을 감탄하던 마음은 금세 사라져 버렸다.

아직 며칠 남은 특전사와 함께하는 혹한기 동계 생존 훈련.

아직 군인도 아니건만 난 머릿속에 먹는 것, 훈련, 먹는 것, 훈련밖에 들어 있지 않은 특전사들과 산천을 헤매고 있었다.

'참자! 이제 올해만 지나면 나에게 자유가 온다!'

초등학교를 졸업하고 시작된 방학 때마다의 연례행사.

아마 세상 어디에도 내 나이에 이런 빡센 특수 훈련을 받은 이는 없을 것이다.

군인인 아버지를 따라 정신훈련이라는 명목으로 억압당한 나의 청춘.

대학교에 들어가는 순간 대한독립을 외치며 기쁨의 눈물을 흘리는 나를 상상하며 고통을 이겨냈다.

"이쁜아~ 뭐 하노, 행님들이 일어났음 언능 커피 타 와야제."

"그래, 뜨겁게 한 사발 타 와라. 울 이쁜이가 타준 커피가 세상에서 제일 맛있더라."

"하하! 나도 부탁해, 미스 강."

어느새 비트에서 모두 모습을 드러낸 열한 명의 특전사.

'썩을, 옛날 같았으면 벌써 아빠 소리를 들었을 나이인데… 에휴.'

성년은 아니었지만 고등학교 3학년에 오른 곧 20대를 준비하는 나.

그러나 내 나이는 이들에게는 아무런 장애가 아니었다.

언제나 훈련 중에 듣는 이쁜이라는 애칭.

한숨을 푹푹 쉬며 30킬로 배낭에서 반합과 휴대용 산악 가스버너를 꺼내었다.

특전사들과 달리 아직 민간인인 나를 위한 혜택.

훈련 때마다 나는 부대 앞에 있는 정다방 미스 김처럼 커피 타는 것이 일과가 돼버렸다.

스윽스윽.

버너에 밤새 쌓인 눈을 깨끗이 담았다.

몇 년 하다 보니 이제 이골이 났다.

여름에 펼쳐지는 해상 침투 훈련을 받을 때는 바닷물 위에서 빵도 먹고 응가도 할 수 있는 수중생존신공을, 일명 천리행군이라 불리는 내륙 전술 훈련을 받을 때는 눈 뜨고 잠을 잘 수 있는 동공개봉취침신공을 100% 연마해야 했으며, 산악극복 훈련을 받을 때는 절벽 위에서 지상으로 머리를 내리꽂는 새총 맞은 참새처럼 정신줄 놓는 지상면접신공도 완성해야 했다.

그리고 그중에서 하이라이트는 동계 혹한기 훈련.

먹을 것도 며칠분의 야전 식량을 던져 주고 펼쳐지는 장거리 설상 기동 훈련은 동계 훈련의 꽃.

달랑 맛도 없는 전투 식량만 주고 어디서 어디까지 며칠 동안 도착하라며 내려지는 훈련 내용은 정말 진저리쳐지는 훈련이었다.

봄, 여름, 가을 훈련 때 맛볼 수 있는 부식거리인 더덕이나 도라지, 개구리 뒷다리, 몸에 좋은 각종 뱀을 비롯한 자연식품들과는 담을 쌓고 벌이는 초인적인 훈련 내용.

버너에 물을 끓이며 다시 한숨을 푹푹 내쉬었다.

"팀장님, 목표 지점까지 약 110킬로 정도 남은 것 같습니다. 내일 중으로 도착할 수 있을 것 같습니다."

"생각보다 빠르군."

눈 덮인 산맥을 타고 건너야 하건만 110킬로를 무슨 자전거 타고 유랑하는 것처럼 말하는 이들.

비트에서 나오자마자 지도와 GPS를 가동하며 위치를 파악하는 11특전 여단 15중대 흑표범 팀장 박현표 대위.

중위인 한승오 부팀장과 부사관 최고참인 장 상사와 함께 위치를 파악하고 있었다.

'언제 봐도 대단하단 말이야.'

태어나는 순간부터 장교였던 아버지 덕분에 군부대에서 장난감 총 대신 진짜 총을 가지고 쇳덩어리 전차를 타고 놀 수 있었던 나.

언제나 해병대나, 특수부대 자원하기를 좋아하시는 아버

지 덕분에 특전사나 해병대, 그리고 각종 특수부대원들을 매일처럼 보고 자랐다.

그리고 느끼는 한 가지.

인간 한계를 넘어서는 극한의 훈련을 소화하는 특수부대야말로 진정한 대한 군인의 표상이 아닐까 싶었다.

'여기 있는 사람들 단수만 합쳐도 50단은 넘을 것이야.'

비트에서 나와 가볍게 몸을 푸는 특전사 형님들.

다른 이들이었다면 벌써 동사했을 상황에서도 몸에 여유가 넘쳤다.

태권도, 합기도, 유도 같은 운동을 특전사에 들어오기 전부터 연마했던 이들이었기에 이런 환경에서도 두려움이 없었다.

치지지지직.

그리고 그사이 반합의 물은 끓었고, 배낭 안에서 꺼내 든 일회용 커피믹스는 신속하게 물속으로 다이빙을 시작했다.

'이제 곧 방학이 끝난다. 흐흐흐. 불행 끝, 행복 시작이다.'

아버지가 군인이어서 좋은 점도 있었다.

어릴 적 나를 낳으시다 의료사고로 운명을 달리하신 어머니.

그 덕분에 나는 갓난 시절부터 아버지를 따라 장교용 숙소에서 살아야 했고, 이웃인 군인 가정에서 이 집 저 집 굴러다

니며 어느 곳에 내놔도 생존할 수 있는 훌륭한 잡초 정신으로 클 수 있었다.

군대라는 특수한 조직답게 나를 자신들의 자식처럼 군기 바짝 든 살가운 정으로 대해주던 이웃들.

아버지의 특수한 병과 때문에 일 년에 거의 한 번씩 전출했건만 초등학교를 마칠 때까지 나는 전혀 불편함이 없이 자랐다.

그리고 내 한 몸 건사할 수 있는 중학생이 되는 순간 나만의 자유시간은 무한정 허락되었다.

1년의 반을 훈련으로 보내는 특수부대 근무를 자원을 즐겨 하시는 아버지 덕분에 대부분 나는 혼자 마음껏 자유를 만끽할 수 있었던 것이다.

물론 어머니의 빈자리가 컸지만 그 빈자리를 메워준 이웃들 덕분에 삐뚤게 자라지는 않았다.

더욱이 국가에 절대적 충성이라는 목적을 위해 살아가는 아버지의 영향으로 삐뚤어질 시간도 없었다.

나를 잘 길러 자신의 뒤를 이어 군인으로 만들고 싶어하시는 아버지.

중학교 때, 처음으로 아버지를 따라 나는 천 리 행군이라는 것을 해봐야 했다.

아직 어린 나이였지만 절대 봐주지 않던 아버지.

30킬로밖에 안 되는 가벼운(?) 정식 군용 군장을 꾸리고 걸었던 그 지옥으로 향하는 끝없는 길.

내 평생 죽어서도 잊을 수 없는 개고생으로 나서는 첫발이었다.

그리고 방학 때마다 겪게 되었던 정신교육을 빙자한 무지막지한 특공 훈련.

'유언장이 압권이었지.'

훈련에 나서기 전 이제 갓 14살짜리 아들에게 내민 빈 종이 한 장과 아버지가 따라 적으라던 내용.

'만약 훈련을 받다가 예측할 수 없는 일로 죽게 되더라도 절대 민, 형사적으로 국가에 책임을 묻지 않겠습니다라'는 내용.

어떤 아버지가 어찌 초롱초롱한 눈망울의 아들에게 그런 무지막지한 유언을 쓰라 할 수 있겠는가.

그러나 우리 아버지는 그리하셨다.

뿐만 아니라 내가 쓴 유언장에 법정대리인 강혁민이라는 아버지 이름을 친절하게 남기시던 아버지.

사실 그때는 유언장의 내용을 잘 이해하지 못했다.

초등학교에서 중학교에 갓 입학한 나에게 죽음과 민형사라는 말은 달나라 토끼가 매일같이 벌어지는 방앗간 중노동이 싫어 가출했다는 말만큼이나 낯설었다.

그러나 얼마 지나지 않아 집에 깔린 인터넷을 통하여 알게 된 내 유언장의 내용.

내가 혹시라도 훈련 중 사망하더라도 절대 국가에 목숨 값을 청구하지 않겠다는 선언.

즉, 8차선 고속도로를 맥없이 길 건너다 운명을 달리하신 똥개님과 같은 개값 대우를 받겠다는 자필서명이었다.

"팀장님, 커피 다 됐습니다."

특전사는 중대가 일 개 팀으로 이루어진 특수한 구조.

흑표범 중대 지휘관인 박 대위에게 커피가 끓었음을 알렸다.

누가 뭐라 해도 지금 내 위치는 죽어도 개값도 못 받을 민간인 신세.

최고 대장에게 잘 보여야 했다.

"그래? 고마워, 미스 강."

"우리 이쁜이 벌써 다 끓였노? 오메, 이쁜 것. 너 없으면 무슨 재미로 훈련을 할까 몰겠다."

작전지도를 보고 있던 박 대위가 내 애칭을 불렀고, 나만 보면 구수한 사투리를 뱉어내는 장 상사가 이뻐 죽겠다는 표정으로 나를 보았다.

'으으, 닭살이 꽉꽉 돋네.'

매일같이 말도 없이 강행군을 해야 하는 특전사의 고된

훈련.

나로 인하여 15중대는 나름대로 여유를 누릴 수 있었다.

"여기 있습니다."

반합을 들고 가자 강 대위가 자신의 군장에서 알루미늄 컵을 꺼내 신속하게 커피 일발을 장전시켰다.

그리고 짬밥 순서대로 배급을 실시하였다.

"어, 미스 강. 왜 내 커피는 없어?"

반합이 커야 얼마나 크겠는가. 다섯 잔을 따르자 어느새 바닥을 보이는 커피.

마지막 커피 국물을 내가 원샷으로 드링크하자 몇몇 특전사들이 놀라 물었다.

"이 시간부로 커피 다 떨어졌습니다."

"그런데 미스 강은 왜 마셔!"

커피 떨어졌다는 말에 너는 왜 마시냐 묻는 여섯 명의 눈동자.

그들의 말에 나는 말없이 내 군번 없는 군복에 박혀 있는 휘장을 가리켰다.

"제 공수 휘장보다 낮은 분은 저에게 그런 말 하시면 안 되죠. 특전사는 짬밥과 실력 아닌가요?"

고공 강화 훈련을 이수하고 40회 이상의 공수강화를 이수한 자에게만 허락되는 독수리 머리 위 원통 안의 별 하나가 그려져 있는 공수휘장.

내 짬밥은 이곳에 있는 몇몇을 빼고는 다 어찌할 수 있을 정도였다.

"음……."

"에휴……."

내 말에 자신의 무능력을 한탄하는 한숨이 곳곳에서 흘러나왔다.

"참고적으로 말씀드리면 전 수중 폭파를 제외한 모든 스쿠바 훈련을 마쳤음을 알려 드리겠습니다."

아무리 내가 아버지를 장교로 두고 준장 계급을 단 특전사 여단장님을 할아버지라 부르지만 총기와 폭약은 허락되지 않았다.

오직 몸으로 때우는 기술만 습득할 수 있었다.

그런 까닭에 이곳에 있는 장 상사와 몇몇을 제외하고는 나보다 짬밥이 한참 밀렸다.

"불만있으시면 대련으로 실력을 증명할 수 있는 기회를 드리겠습니다."

입가에 미소를 지으며 나에게 커피를 받지 못한 특전사 대원들을 한 분씩 바라보았다.

"오, 오늘 날씨가 좋네."

"티, 팀장님, 아침밥 안 먹나요?"

눈길이 부딪칠 때마다 움찔 놀라며 눈동자를 돌리는 살인병기들.

나에게 대련을 신청했다가 코피 한 번씩 터뜨려 보았던 이들이었기에 감히 대련을 신청하지 못했다.

'흐흐, 이럴 때는 증조할배가 고맙단 말이야.'

아무리 이웃집 군인 가족들이 나를 보살펴 준다 해도 일 년에 반절 이상을 훈련 때문에 집에 들어오지 못하는 정식 무능력 보호자 아버지.

그런 아버지는 장기 훈련 시 이웃 민폐를 최소화하기 위하여 나를 할아버지에게 보냈다.

내 할아버지가 아닌 아버지의 할아버지라 불리는 쪽보상 증조할아버지라 불리는 존재.

도를 닦는다고 서른 몇 살쯤에 때늦은 가출(?)을 감행하셨다는 증조할배를 찾아낸 아버지는 장기 훈련 기간에는 나를 가끔씩 맡기셨다.

그래도 세상에 믿을 것은 피붙이라고 생각하셨는지, 도포 자락 휘날리던 70세가 넘으신 증조할배에게 나를 맡기신 것이다.

그리고 펼쳐진 나의 어린 시절.

친구들이 유치원이라는 세상에 갓 진출하여 풋풋한 뭇 여인들과 사탕을 나누며 인생과 하늘의 찬란한 별을 얘기할 때,

나는 할배 등에 업혀 대한 강산 유람을 해야 했다.

산새 지저귀는 봄에는 속리산, 어느 무더운 여름날에는 지리산 계곡에 발을 담그고 놀았으며, 노을 같은 단풍이 져가는 가을에는 인적 드문 태백산맥 어느 이름 모를 도사의 수련터에서 인생무상을 깨달아야 했다.

그 와중에 나는 '전국 신선을 꿈꾸는 도사 연합'이라는 '전도연'의 여러 할배들과 할매들을 만날 수 있었다.

떠돌이 약장수, 팔도 엿장수, 부적 팔아먹고 사는 박수무당, 사기 도박꾼 등등.

지금 생각해 보면 절대 정상인이라 불릴 수 없는 존재들이었건만 그 당시에는 그분들과 어울리는 것이 무척 재미있었다.

어린 나를 무척 귀여워해 주며 이름 모를 귀한 약초와 각종 먹을거리들을 아낌없이 베풀어주던, 세상을 뒤에서 바라보는 전도연의 여러 도사들.

그들과 함께하면서 나는 증조할배에게서 한민족에게 대대로 내려온다는 태극선기공이라는 도인운기법과 선무도하도라는 춤을 배웠다.

대성하면 능히 신선이 될 수 있다는 말도 안 되는 거짓말로 설명하시던 증조할배.

팔도 유람 중에 길을 가다 심심하면 선무도하도라는 춤을 추었고, 증조할배와 함께 이름 모를 정기 가득한 산속에서 태극선기공으로 호흡하며 기억에 남는 어린 시절을 보냈다.

 그때는 너무 어려서 몰랐지만 초등학교에 들어가고 중학교, 고등학교에 이르러서도 매일같이 쉬지 않고 태극선기공으로 호흡하고 선무도하도를 쉬지 않고 수련하자 몸이 달라졌다.

 혈도라는 몸의 길을 내 선천지기와 합쳐진 후천지기.

 어느 날 아랫배 단전이라는 곳에 콩알만 한 단약이 만들어질 때 느꼈던 감동 하나.

 내 몸과 자연이 하나가 된 듯한 진동은 지금도 잊지 못하였다.

 그리고 나는 강해졌다.

 저기 보이는 무술 특수 유단자들과 손을 겨뤄도 결코 패하지 않았다.

 이제는 호흡 시 대주천을 넘어 전신 세맥까지 서서히 운용되는 기운들은 내 뼈를 쇠처럼 단단하게 만들어주었고, 마음만 먹으면 주먹과 발, 그리고 온몸에 기운을 담을 수 있을 정도였다.

 거기에 선무도하도라 불리는 춤.

 춤이 아니었다.

 민족 고유 무술인 택견처럼 대대로 내려오는 종합 육체 단

련술.

지금껏 나는 선무도하도를 깨뜨릴 수 있는 적을 만나보지 못했다.

"내가 한번 증명해 보지."

말과 함께 투기 섞인 눈동자로 나를 보는 한 남자.

'한 중위…….'

한 팀을 이루면 보통 1년 이상 같이 근무하는 중대 단위의 한 팀.

새로 배속된 부팀장 한승오 중위가 말과 함께 내 앞에 섰다.

'팀원들이 인정할 정도라면 기본 실력은 있다는 말이군.'

언제나 목숨 걸고 실전처럼 훈련을 밥 먹듯 하는 특전사 대원들.

그들을 이끌기 위해서는 장교들도 능력을 인정받아야 했다.

일반 보병들처럼 장교 계급을 단다고 해서 장교 대접을 받을 수 없었다.

공수 휘장이 가슴에 없으면 상급자에게도 경례를 올리지 않을 정도로 특전사들의 자존심은 대단하였다.

그런 특전사 대원들이 지난 며칠 동안 부팀장 대우를 하는 것으로 보아 맹물은 아닐 것 같은 부팀장 한 중위.

"대환영입니다~!"

물론 마다할 내가 아니었다.

그리 안 해도 아침 운동이 필요한 시점.

딱 맞추어 아침 운동거리가 고맙게도 앞에 나서주었다.

"팀장님, 대련을 허락해 주십시오."

한승오 중위가 다부진 얼굴로 팀장 박 대위에게 허락을 구했다.

'육사를 수석으로 졸업했다더니 자존심이 대단하군.'

본래 특전사 부대를 자원해서 오는 장교들은 거의 없었다.

대부분 뺑뺑이 돌리기로 마지못해 오는 경우가 많았다.

매일같이 벌어지는 훈련도 힘들 뿐만 아니라 실력이 안 되면 팀원인 특전 부사관들의 무시를 받기에 장교들도 두려워했다.

그런 특전사에 자원한 한승오 중위.

태권도 4단에, 합기도 3단, 그리고 각종 격투기와 특공무술도 높은 수준에 올라 있는 이였다.

'쯧쯧. 상대를 잘못 택했어.'

하지만 딱 거기까지.

박 대위는 한승오의 도발에 커피가 담긴 반합을 들고 미소를 짓고 있는 아직 소년이라 불릴 외모를 소유한 강찬우의 모습을 보았다.

키 180 정도에 다른 팀원들처럼 울퉁불퉁 무식한 근육을 자랑하지 않고 조금은 가녀리게 볼 수 있는 실곽한 근육을 소유한 짧은 스포츠 머리 스타일의 소년.

요즘 TV에 나오는 아이돌이라 불리는 애들의 부드럽고 곱상한 이미지가 아니라 시원한 이마와 날카롭게 뻗은 콧대처럼 시원시원한 남자의 외모를 소유하고 있었다.

그러나 외모와 달리 감춰진 실력은 대단 그 자체.

짬밥으로 치자면 자신과 비슷하고 공수낙하 숫자만으로도 자신을 훌쩍 넘고, 그 어떤 특전사 대원과의 대련에도 패배해 본 적이 없는 특전사 아닌 특전사 소년.

'중령님 교육 방식은 참 독특하단 말이야.'

강찬우를 보자 그 아버지 강혁민 중령이 생각났다.

육사를 졸업하고도 쉬운 보직과 승진을 마다하고 특전사, 해병대, UDT, 해외 파병과 같은 극한의 인내를 필요로 하는 병과를 선택한 군인 중의 군인.

대한민국 장교들 중에서 요즘은 모르는 이가 없을 정도로 멋진 남자였다.

그런 강혁민 중령의 독특한 아들 교육 방법.

하나뿐인 아들을 중학교 때부터 각종 특수 병과 교육을 이수하게 만든 일은 알 만한 장교들은 다 아는 일이었다.

'이것도 좋은 경험이겠지.'

눈빛을 빛내는 한승오 중위에게 고개를 끄덕였다.

"허락한다. 단, 훈련에 지장을 주는 행위는 금하도록."

"단결!"

무술 유단자에 살인을 주목적으로 하는 특공무술을 수련한 한승오 중위.

혹시 모를 불상사에 대비하였다.

"와아! 이거 아침부터 땡잡았네."

"부팀장님, 파이팅하시소!"

"찬우야, 주먹에 너무 힘주지 마라."

갑자기 벌어진 대련에 환호성을 지르며 기뻐하는 팀원들.

다른 곳에서 보면 군기가 빠졌다고 볼 수 있는 장면이지만, 박 대위와 팀원들은 절대 그렇게 생각하지 않았다.

오직 실력만이 모든 것을 말해주는 곳.

대한민국 특전사는 바로 그런 자들만 올 수 있는 진정한 남자의 세계였다.

"잘 부탁한다, 미스 강."

'헐, 매를 벌어요.'

나보다 짬밥이 훨씬 밀리는 한 중위.

내가 어디를 봐서 정다방 미스 강처럼 보인단 말인가.

"한 수 부탁드리겠습니다."

고개를 숙여 예를 표했다.

맞을 때 맞더라도 조금 덜 분한 기분이 들게 하는 사전 포석.

사삭.

내 말에 짧게 고개를 숙이고 바닥의 눈을 발로 털어내며 자세를 잡아가는 한 중위.

'독이 제대로 올랐네.'

대부분 특전사 대원들이 전투 전에 보이는 깡의 기운.

실전 같은 훈련에 의하여 자연스럽게 몸에 밴 전투 의지는 연습 대련에서도 바로 효과를 나타냈다.

하지만 딱 거기까지.

입꼬리를 살짝 올리며 주먹을 권투 선수처럼 자세를 잡았다.

선무도하도의 특성상 일정한 품세는 없었다.

"먼저 와라, 미스 강."

"넵!"

별로 친하지도 않건만 나를 미스 강이라 부르고, 어처구니없는 도발을 감행한 죄.

"탓!"

짧게 기합을 토하고 5미터 앞에 자세를 잡고 있는 한 중위

참으로 위험한 물건 29

에게 달려갔다.

'꼬맹이, 오늘 뜨거운 맛을 맛보게 해주마.'

어릴 적부터 별을 다는 꿈을 꾸며 살아온 한승오 중위.

별을 달지 못하고 월남전에서 부상을 입고 소령으로 예편한 아버지의 한과, 자신의 꿈을 위하여 지금껏 허투루 삶을 살아오지 않았다.

공부면 공부, 체력이면 체력 그 모든 것에 혼신의 힘을 다해 살아왔다.

그리고 그 결과 육사 수석 입학에 수석 졸업이라는 명예를 얻을 수 있었다.

사실 그런 한 중위를 고위급 장성들이 눈여겨보고 밑으로 불러들이려 했다.

아버지와 친분이 있는 장성들도 몇 있었기에 자신을 키워주려 하였다.

그러나 한 중위는 안전하고 나약한 장교의 길을 걷지 않았다.

진정한 장교는 작전 능력뿐만 아니라 그 어떤 병사들보다 더 강인한 정신력과 전투력을 소유하고 있어야 한다고 생각하고 있었다.

그렇기에 망설이지 않고 선택한 특전사 지원.

다른 동기들은 어쩔 수 없이 끌려온 곳이지만 한 중위는 달랐다.

태권도와 합기도, 그리고 각종 무술로 단련된 자신의 능력이라면 전투병기로 육성되는 특전사 대원들에게도 밀리지 않을 자신이 있었다.

'너에게 절대 지지 않을 것이다!'

힘찬 기합과 함께 달려오는 강찬우라 불리는 선배들 중에 자신이 가장 존경하는 강혁민 중령의 아들.

"합!"

특전사 대원들의 거친 주먹에 비하면 평범해 보이는 강찬우의 주먹.

짧게 기합을 토하며 번개처럼 마주 달려갔다.

쉬익.

그 순간 기다렸다는 듯 자신의 얼굴을 향해 꽂아오는 강찬우의 오른 주먹.

'어림없다!'

제법 빠르지만 못 막을 정도는 아닌 주먹질.

주먹을 바라보며 어깨를 낮추고 왼팔을 올려 주먹을 막아갔다.

그리고 비어버린 강찬우의 배를 향해 가볍게 오른 주먹을 뻗어갔다.

짧은 순간에도 생명에 지장을 줄 수 있는 중요 사혈들이 보였지만, 그곳을 피해 만만한 아랫배를 향해 오른 주먹을 뻗어갔다.

아니, 뻗어가려는 그 순간.

퍼억!

'헉!'

갑자기 강찬우의 공격을 막아가던 왼팔에 느껴지는 무지막지한 고통.

쇠로 만든 해머로 손을 가격당하는 듯한 둔중하고 벅찬 충격에 숨이 멈출 정도로 아픔이 밀려왔다.

그렇게 자신의 계획과 달리 왼팔에서부터 문제가 생기자 순간 공격 목표를 상실한 한 중위.

쇄액.

그때 떠 있는 그의 눈에 보이는 번개같이 작렬하는 강찬우의 왼발.

퍼어억!

아랫배에 느껴지는 묵직한 충격.

"커어억······."

제어할 수 없을 정도로 입을 열고 나오는 묵직한 비명.

철퍽.

그리고 바닥에 저절로 꿇려지는 무릎.

"크허, 허어어어억."

장이 뒤집히는 강렬한 고통에 계속 입을 열고 흘러나오는 비명과 고통에 머리는 아무것도 든 것 없는 바보처럼 멍해져 갔다.

'이런 개 같은…….'

몇 번의 부딪침도 아니고 단 한 번의 대련으로 무릎 꿇어야 하는 믿을 수 없는 현실.

고통에 바보가 된 순간에 번뜩 머리를 스치고 간 생각 하나.

실력과 자존심으로 살아가는 특전사 대원들이 왜 강찬우의 눈빛을 호랑이를 만난 겁먹은 여우새끼마냥 피했는지 알 수 있었다.

그리고 똑똑하게 기억에 각인되는 생각 하나.

강찬우.

놈은 참으로 위험한 물건이었다.

Chapter 02

오빠가 달려간다

마계
대공
연대기

"수고했다."
'에휴, 이 양반에게 뭘 기대하겠어.'
어린 아들에게 유언장을 작성케 할 때마다 과연 눈앞의 분이 생물학적으로 내 아버지인가 의심 들게 하여 불과 얼마 전까지 유전자 감식을 신청하고픈 충동이 들게 만든 존재.
'한 달에 한 번씩 용돈도 넉넉히 주고 이성 고민에 대해서 자상하게 물어주고 술 마시는 법도 가르쳐 주지 않는 그런 아버지는 아버지가 아니잖아요. 단지 꼰대일 뿐이지요' 라는 말도 있건만 철저히 세상과 담을 쌓고 사시는 나의 아버지.

영하 20도가 넘는 산중 폭포에서 얼음물을 깨고 냉수마찰과 눈 마사지를 마지막으로 훈련을 마치고 돌아오자 아버지는 나에게 수고했다는 말 한마디로 나의 수고에 대한 공로를 입으로 싹 닦아버렸다.

신사임당은 바라지 않았지만 세종대왕 급 지폐 몇 장도 주지 않고서 말이다.

'휴우, 그래도 이번이 끝이군.'

아무리 나를 건담과 같은 전투병기로 만들고 싶겠지만 이 몸도 이제는 어엿한 고3 수험생.

진짜 아버지라면 이번 년도에는 나를 이 땀 냄새 펄펄 나는 지옥으로 끌고 올 생각을 말아야 할 것이다.

'그런데 오늘따라 왜 저리 분위기를 잡고 계시는 거야?'

대대장실로 나를 불러들여 묵직한 분위기를 뿌리고 있는 아버지 강혁민 중령.

어머니가 돌아가시자 재혼도 않고 묵묵히 군생활만을 하신 분.

183의 큰 키에 어울리는 단단한 체격과 짧게 깎은 머리 스타일은 특전사 어느 대원들보다 듬직해 보였다.

그런 아버지가 나를 조용히 바라만 보고 있었다.

"오늘 이후로 앞으로 1년은 못 볼 것 같구나."

"네? 1, 1년요?"

갑작스러운 아버지의 통고.

"아프칸으로 가게 됐다."

"네……."

벌써 몇 번째인지 모를 해외 파병.

다른 장교들은 고작 한 번만 가도 많이 간다 했건만, 내 아버지는 시도 때도 없이 해외 출장이었다.

"전학 수속은 마쳐 놨다."

"저, 전학요?"

연달아 터지는 충격 발언.

"대령 진급과 동시에 해외 파병을 받았기에 관사를 비워줘야 한다. 할아버지가 계시는 원주로 가거라."

두둥.

'미치겠네. 이제 학교에 적응할 만했는데.'

초등학교 때부터 아버지를 따라 난 수없는 지역과 학교를 전전해야 했다.

아이들과 안녕, 하고 인사하고 며칠 만에 빠빠이, 하고 떠난 적도 있었다.

그런 내가 무려 1년 하고도 6개월을 함께했던 이곳 담양.

남녀공학은 절대 안 된다는 구시대적인 사고방식 덕분에

통학버스를 타고 한 시간이 넘게 광주 근교 호남이라 불리는 남자 고등학교를 다녀야 했다.

학교와 그 주변 일진들을 평정하고 이제 제대를 얼마 안 남겨둔 병장같이 편하게 학교생활을 하고 있건만, 갑작스럽게 떨어진 전학 조치.

'자취라는 좋은 방법도 있건만……'

이대로 물러날 수 없었다.

주먹에 평정되어 내 한마디면 뭐든지 이뤄지는 학교 생활.

정든 친구들도 있기에 그냥 떠날 수는 없었다.

'한번 개겨보는 거야!'

난생처음 개김이라는 단어를 머리에 담았다.

안 되면 되게 하라는 특전사의 가르침대로 명령과 복종 관계였던 아버지와 나.

홍길동도 아니고 아버지를 아버지라 부르지 못하고 21세기와는 어울리지 않는 살벌한 부자관계를 이번 기회에 청산할 것을 굳게 마음먹었다.

"아버지, 소자가 한 말씀……."

"남녀공학이더구나."

"……!!!"

"어차피 군대에서 평생 살아갈 몸이니 남자들의 진한 우정을 알게 하기 위하여 남자 학교를 계속 보내야 하는데… 급히 서두르는 바람에 일이 잘못 처리됐구나. 네가 가기 싫다면 지금 다니는 학교 기숙사에 들어가도 좋다."

쿠구궁!

머리를 울리는 남녀공학이라는 충격적인 소리.

정규 유치원도 다니지 못하고 여자라고는 2차 성장기가 시작도 못한 초등학교 때 아무 감정 없이 스쳐 지나갔던 인연들이 전부.

뭘 좀 알 만한(?) 중학교 때부터 철저하고 고약한 남성호르몬만 풍겨내는 뭇 짐승들과 함께 생활했던 나.

여인들이라고 해봐야 TV에서 보던 이들이 전부였다.

아버지의 압력 때문이었는지 달랑 하나 있는 나 때문에 통학버스를 파견해 주었던 친절한 학교.

그 덕분에 버스 안에서의 이성 접촉도 시도할 수 없었던 운명.

갑자기 울컥 눈물이 흘러내리려 하였다.

'크옥, 드디어 모태솔로의 저주를 푸는 것인가!'

태어날 때부터 솔로의 운명을 예정받고 태어났다는 저주받은 운명 모태솔로.

하늘이 감응하사 그 저주를 깰 수 있는 기회를 주고 계셨다.

"아버지 존경합니다!!!"

지금껏 겪어왔던 과거는 모두 잊기로 했다.

사나이가 그깟 쪼잔한 과거에 얽매이면 큰일을 할 수 없는 법.

존경심이 이글거리는 눈동자로 묘한 미소를 짓고 계시는 강 중령, 나의 아버지를 바라보았다.

"어째, 너에게 처음으로 들어보는 단어인 것 같구나."

"하, 하하. 무슨 그런 섭한 말씀을 하십니까. 이 아들, 태어나 지금껏 아버지를 존경하지 아니한 때가 단 한 번도 없었습니다! 남자란 가슴에 담긴 진실을 천금같이 무겁게 여겨야 한다고 아버지께서 평소 말씀하셨지 않습니까."

입을 뚫고 술술 나오는 내가 들어도 확연한 거짓말.

일 년 365일 중 용돈 주는 날을 제외하고는 언제나 원망의 대상이었던 아버지.

그러나 누가 그러지 않았던가.

사랑과 증오는 종이 한 장 차이라고, 그 비유에 빗대어 존경과 증오도 종이 한 장 정도밖에 차이가 나지 않았다.

물론 그것은 내 기준이었지만 말이다.

"할아버지 밑에서 수능 준비 잘하고 꼭 육사에 합격해 국가에 충성하거라. 내가 너에게 가르친 실력이라면 충분히 수석 합격하고도 남을 것이다."

"단결!"

힘차게 단결 구호를 외치며 경례를 올렸다.

'제가 미쳤습니까, 육사에 들어가게……'

땀내 나는 꾸질꾸질한 군인 생활은 이제 내 인생의 계획 속에 없었다.

'천하대 법대 합격, 그리고 사시 합격 후 장교인 군법무관으로 근무! 캬아, 생각만 해도 폼나네.'

어차피 나 아니어도 국가에 충성할 인재들이 많았다.

그런데 굳이 나까지 총 들고 눈 맞은 개처럼 산천을 누빌 필요가 있겠는가.

'쌀이 밥이 된 뒤에 어찌하겠어. 그리고 천하대에 합격하면 과외라는 좋은 알바거리가 있지 않는가.'

아버지의 돈으로 지금껏 살아왔지만 스스로 제법 괜찮은 돈벌이를 할 수 있는 성년이라는 나이와 천하대라는 학벌.

아버지의 지원이 끊겨도 전혀 두려움이 없었다.

설익은 밥을 씹으며 천 리 행군도 했던 나에게 세상은 전혀 두려운 존재가 아니었다.

"그리고… 이건 선물이다."

"네? 서, 선물요?"

아버지가 존경이라는 단어를 나에게 들을 수 없었듯 나 또한 선물이라는 단어를 들은 기억이 없었다.

내 생일날이 어머니의 기일이었기에 생일 선물 따위는 받아본 적이 없었고, 크리스마스고 뭐고 언제나 훈련과 군인 생활에 정신이 없던 아버지였기에 나 또한 기대하지 않았다.

그런 아버지가 갑자기 꺼내는 선물이라는 이계어.

"예전 이라크 파병 때 시장에서 구입한 물건이다. 네 생각이 나서 구입했는데 이제 주는구나."

'이라크 파병이면 3년 전… 에휴. 잊어버릴 게 따로 있지, 선물 주는 걸 다 잊어버리시냐.'

이라크에 잠시 파견 근무 나가 있을 때 구입한 것이 분명한 선물.

아버지는 탁자 서랍에서 종이에 대충 돌돌 말린 선물이라는 것을 꺼내었다.

'목걸이? 오잉. 웬일이야, 고지식한 양반이.'

종이 밖으로 비집고 나온 물건의 정체는 대충 보아 목걸이.

"풀어봐도 되겠습니까?"

끄덕.

아버지의 허락에 바로 해체가 되는 낡은 종이.

"오오!"

감탄성이 터져 나왔다.

'우리 아버지에게도 이런 예술적 안목이 존재했다니.'

목걸이도 놀랄 정도였건만 나온 물건은 생각보다 더 기가 막혔다.

두툼한 은빛 체인에 달려 있는 달걀만 한 크기의 반짝거리는 둥그런 은빛보다 진한 은메달.

그런 메달 안에는 일반적인 언어가 아닌 요상한 언어와 기하학적인 무늬가 보는 나를 강렬하게 사로잡았다.

"마음에 드는 것 같아 다행이구나."

"감사합니다. 감사합니다!!!"

재빨리 목에 착용하며 감사합니다를 연발했다.

그동안 아버지께 받은 설움과 학대는 이번 남녀공학 전학 건과 선물 건으로 기억 속에서 삭제키를 살포시 눌러주기로 마음먹었다.

"어느 곳에 있더라도 넌 내 아들이자, 대한의 건아임을 잊지 말도록. 1년 동안 잘살고 있어라."

"다아아안결!"

척!

참으로 멋없는 부자간의 짧은 이별 시간.

언제나 바쁜 군인 생활.

아버지의 멋없는 짧은 충고에 힘차게 단결을 외쳐 거수경례를 올렸다.

스윽!

나의 경례에 간결하고 각 잡힌 경례로 답하는 아버지.

'건강히 다녀오십시오.'

지금 이렇게 돌아가면 바로 1년간 볼 수 없는 아버지 모습.

눈에 가득 단단한 바위 같은 아버지를 담았다.

씩씩한 모습을 보이고 있지만 나를 바라보고 있는 눈동자 깊은 곳에 자리한 따스함을 기분 좋게 바라보면서……

"으갸갸갸~!!!"

저벅저벅.

아버지를 떠나 도착한 강원도 원주.

대학 캠퍼스까지 있을 정도로 원주는 내가 살던 담양과 차원을 달리했다.

"하늘 무지하게 좋네!"

날씨를 주관하는 신들이 정신줄을 놓은 것처럼 3월치고는 오락가락한 계절.

길게 기지개를 켜고 바라본 하늘은 오랜만에 맑고 푸른 빛.

내가 전학할 원주 제일고등학교의 교복을 쫙 빼입은 나는 전학생만이 누릴 수 있는 특권을 마음껏 누리고 있었다.

아침 8시 30분.

이미 아침 자율학습 때문에 모두들 등교해 있을 시간.

중조할배 집에서 걸어서 20분 거리인 학교에 거의 도착

했다.

"뭔 놈의 담장이 이렇게 높아?"

무슨 성벽도 아니고 살벌하게 높은 4미터는 가뿐히 넘을 두툼한 시멘트 학교 담장.

개구멍을 좋아하는 놈들은 결코 애용할 수 없는 높이와 단단함을 자랑하고 있었다.

'나름 명문이라더니 애들을 제대로 잡는 것 같군.'

수없이 전학을 하다 보니 담장만 보더라도 학교의 면학 분위기를 파악할 수 있는 경지에 오른 나였다.

'교복 색깔도 제대로 칙칙한 것 보니 교장 이하 샘들 취향도 보수 취향이고……'

짙은 푸른색 계열의 교복 상하의와 검은색에 근접한 회색 폴라.

교복에서 윗어르신들의 정신 자세도 유추해 냈다.

대도시와 달리 지방에서 명문 고등학교는 그 지역의 얼굴과 같은 것.

원주에서 제일 잘나간다는 고등학교답게 근엄함을 가장한 칙칙한 오라가 학교 담장과 교복에서 피어올랐다.

'조용히 말썽부리지 말고 내신 잘 따서 졸업하자.'

3학년에 전학한 내가 학교에 정 줄 일은 없었다.

남녀공학이라는 희귀 아이템이 아니라면 결코 반겨하지

않았을 전학 생활.

'제대로 놀아보자!'

중학교와 고등학교 내내 이성들과 담을 쌓고 지내온 나의 다짐.

다 필요없었다.

태극선기공을 운용하다 보니 자연스럽게 온몸의 혈도가 열렸고, 뇌의 기능을 관장하는 백회혈 및 중요 혈도가 자연지기로 꽉꽉 세척되어 두뇌 회전은 빠르고 암기력이 비상하게 높아졌다.

이미 모든 고등학교 정규 과정을 1학년 때 마스터한 나에게 학업 따위는 심장을 뜨겁게 만들 수 없었다.

목표는 오직 하나.

마지막 내 고삐리 시절, 사건 제대로 한 건 치고 싶은 것밖에 없었다.

"보아라, 장한 모습 검은 베레모~ ♪♬"

다른 아이들과 달리 매일같이 아저씨들과 훈련을 받다 보니 입에 배어버린 군가.

"무쇠 같은 우리와 누가 맞서랴~ ♩♬"

검은 베레모라는 특전사 군가를 부르며 흥겹게 학교 정문을 향해 걸어갔다.

이미 모든 학생들이 등교하고 거리에 남아 있는 거라고는 유난히 푸른 하늘과 잎의 씨앗이 머물고 있는 가로수들뿐.

걸음도 힘차게 뭇 꽃사슴들이 기다리고 있는 제일고등학교 정문을 향해 걸어갔다.

'응!'

바로 그 순간.

저 앞에 보이는 코너만 돌면 학교 정문이 보이는 곳.

학교와 도로 사이에 위치한 커다란 3층 상가 건물 때문에 햇살이 비치지 못하고 사람들의 시선도 받을 수 없는 음영 가득한 담벼락을 끼고 돌아가는 그곳.

등 뒤에서 긴장감을 팍팍 일어나게 만드는 날카로운 기운이 감지되었다.

타다다다닥!

'암습!'

특수 훈련과 태극선기공 덕분에 상대방의 기를 감지할 수 있는 육체가 감지해 낸 것은 암습이라는 결론.

거기에 귓가에 들려오는 엄청나게 빠른 발걸음 소리.

팟!

가방을 멘 채로 몸을 반전시키며 긴급 방어 자세를 취하며 나를 암습하려는 자의 정체를 파악해 갔다.

"헛!"

눈에 보이는 암습자의 정체에 일순간 터져 나오는 신음.

'천사?'

놀랍게도 대낮에 지상에 강림한 천사.

달려오고 있었다.

단정한 회색 줄무늬 짧은 교복 치마를 펄럭이며 내 품에 안겨올 듯 필사적으로 달려오는 여인.

아름다웠다.

윤기 좌르르 흐르는 긴 머리칼을 바람에 흩날리며 시원하게 드러난 새하얀 이마와 피부, TV에 나오는 여신 급 포스를 풍기는 연예인들과 비교할 수 없는 청순한 커다란 눈동자와 오뚝한 콧날.

그리고 살짝 깨문 붉은 입술.

거리는 10미터 정도였지만 모든 것이 한눈에 들어왔다.

좌우 시력 2.0을 자랑하는 완벽한 동체 시력과 목표한 바를 빠르게 파악하는 특수 훈련 덕분에 그 짧은 순간에도 여인의 모든 스펙이 머리에 자동 입력되었다.

'168에 34—24—35! 우와, 대박이다!'

서울 안 가본 놈이 서울 지리를 더 잘 아는 것처럼, 여인을 접하지 못한 나는 여인의 몸매를 더 잘 알 수 있었다.

특수부대 훈련과 태극선기공을 접목한 나만의 유일한 취미가 지나가는 여인들 몸매 맞히는 놀이.

중학교 3년 훈련 과정을 거쳐 투시도를 향해 걸음을 내딛었고, 고1 이후로 100에 99는 맞힐 수 있는 경지에 근접했으며, 작년 이후로 더 이상 파악 못할 것이 없는 완벽한 경지에 이른 투시도의 끝을 보았다.

그런 나의 투시도에 파악된 천사의 정보.

'에이 플러스!'

숙녀시대와 노라, 에프터 하우스 등등 요즘 잘나가는 여자 걸그룹 어느 누구도 받아보지 못한 특등급에 속하는 에이 플러스라는 점수.

누가 판정 기준을 물어본다면 한우 육질 등급에서 따왔다고 절대 말할 수 없는 나만의 점수 채점 방법.

"······?"

그렇게 거의 완벽에 가까운 미모를 자랑하는 천사가 어느새 내 앞 5미터까지 다가왔다.

철마가 달리고 싶은 것처럼 결코 멈출 기색을 보이지 않는 그녀.

"대가리 숙여, 새꺄~!!"

천사의 입에서 들려오는 청천벽력과 같은 씨 자 발음이 들어가는 친숙한 단어.

천사가 외치는 목소리에 나도 모르게 고개가 숙여졌다.

무언가 위험하다는 신호가 계속 전해져 왔지만 난생처음 만난 특등급 육질, 아니, 미모를 소유한 여인에 대한 나름대로의 배려.

새꺄라는 단어가 마음에 심히 들지 않았지만 상황 파악 전이었기에 잠시 입이 거친 천사의 말을 들어주었다.

팟!

'헐!'

그리고 보았다.

고개 숙인 나를 향해 달려오다 그대로 자리를 박차 오르며 떠오르는 천사의 몸뚱이.

천사 날개옷도 없건만 하늘로 올라가려는 천사의 무의미한 행동.

"위험……."

천사의 알 수 없는 행동에 위험하다는 말을 꺼내며 고개를 힘껏 쳐든 나의 목.

"……!!!"

탓!

그 순간 어깨에 느껴지는 가벼운 느낌 하나.

얼굴을 순간 스치고 지나가는 바람과 가슴에 확 불지르는 은은한 체취.

순간 고개를 들던 내 목은 벼락을 맞은 듯 그대로 굳어버렸다.

짐작대로 위험하게 하늘을 날고 있는 천사.

내 어깨를 밟고 거침없이 하이킥을 하듯 두 다리를 쭉 펴며 날렵하게 하늘을 나는 자세를 취하고 있는 천사의 모습.

'피, 피카츄!!!'

보였다.

요즘은 인터넷에 접속만 해도 수시로 볼 수 있는 속옷만 착용하고 있는 미녀들.

그러나 난 눈동자를 포함해 온전히 숫총각 상태.

그런 내 눈에 보이는 노란색 바탕의 조그만 천에 그려진 푸른 몸뚱이를 가진 피카츄의 모습.

나를 밟고 하늘을 날아 우아하게 4미터가 넘는 학교 담장에 착지하는 천사의 교복 치마 안에는 어릴 적 즐겨 보던 그 녀석의 얼굴이 그려져 있었다.

멍하게 서 있는 나를 향해 사정없이 2만 볼트 전기 충격을 가하는 모습 그대로 피카츄 그 녀석은 천사의 날씬한 다리 사이에서 나를 향해 비웃고 지나쳐 갔다.

'부러운 녀석. 크으……'

어떤 상황인지 제대로 파악이 되지 않았지만 머리에 드는 생각은 오직 하나 부럽다는 것.

부러우면 지는 것이지만 나는 피카츄 녀석에게 이 순간 지고 말았다.

"흥!"

멍한 부러움 속에서 들려오는 차가운 코웃음 소리.

천사가 담장 위에 올라서서 나에게 싸늘한 눈동자를 보이고 있었다.

팟!

하지만 그것도 잠시, 내 어깨를 밟고 담장에 올랐던 천사는 학교 너머로 사라져 버렸다.

"내가 지금 귀신에 홀린 것이야?"

그 누구도 믿지 못할 내 일생일대의 대사건.

천사 급 미모를 소유한 고삐리 여학생이 어깨를 밟고 4미터 높이의 담장을 사뿐히 넘어 사라진 희귀한 사건.

'대단한 실력자다.'

다른 건 몰라도 확실히 깨달은 한 가지 사실.

나를 긴장시킬 수 있을 정도로 무예 수련을 한 여인임이 분명했다.

"후후… 재미있겠는데."

특전사도 아무런 감흥을 주지 못하는 나였건만, 그런 나를 밟고 학교에 등교하는 소녀.

남녀공학이라는 것만으로도 감사하건만 흥미까지 진진해지자 발걸음이 바빠졌다.

'모용미미였지……'

찰나의 순간이었지만 교복에 달려 있는 명찰에는 모용미

미라는 조금은 촌스러운 이름이 박혀 있었다.

저벅저벅.

"흐흐흐."

발걸음을 돌리면서 자연스럽게 입가에 흘러나오는 음흉한 웃음.

심마니가 산삼 지대로 본 것처럼 오늘 내 눈을 개안시켜 준 천사 급 소녀의 숭고한 희생.

작고 노란 그녀의 속옷과 나를 비웃던 피카츄 녀석이 머리에서 떠나지 않았다.

주루룩.

"응?"

그리고 갑자기 코에서 느껴지는 축축한 이물감.

손을 들어 스윽 코를 닦았다.

"코, 코피?"

놀랍게도 태어나 단 한 번도 흘려보지 않은 코피가 주루룩 코를 타고 흘러내렸다.

중학교 3년, 고등학교 2년 동안 머슴애들 틈 속에서 갈고닦아 온 순백의 순양지공이 피카츄의 아찔한 일격에 깨져 버린 것이 분명했다.

"움하하하하하하하!"

그러나 맞아서 터진 코피가 아닌 새로운 세상을 경험하고 얻은 상쾌한 코피의 추억.
 발걸음도 힘차게 걸으며 활짝 웃음을 터뜨렸다.
 나를 기다리고 있을 풋풋한 뭇 꽃사슴들.
 오빠가 달려가고 있었다.

Chapter 03

태극선기공과 선무도하도

마계
대공
연대기

"새로 온 전학생이다. 모두 반갑게 맞이하도록."

머리 중심에 몇 가닥 남지 않은 반백의 대머리 담임 샘.

교무실에서 간단한 절차를 마치고 3학년 4반 교실에 샘과 함께 입장할 수 있었다.

'교실에서 이런 향기가 날 수 있다니… 크윽!'

세상 참 불공평했다.

내가 경험한 학교라는 공간은 1교시 시작 전 도시락 처먹고, 수업 시간에 샘의 목소리를 들으며 잠을 퍼자고, 점심에는 라면에 초코파이를 찍어 먹는 괴물들이 사는 곳.

심지어 여름에는 빤스만 입고 수업을 받는 짐승들의 사육장이었다.

그런데 이곳은 공기부터 달랐다.

말로 형언할 수 없는 상쾌한 향기.

폐부에 흡입되는 성스러운 체취에 황홀경에 빠져들었다.

'죽인다!'

거기에 더불어 나를 향해 초롱초롱 눈망울을 반짝이는 꽃사슴들.

개중에는 풀과 이슬을 너무 많이 먹어 비만 꽃사슴도 있었지만 나에게는 문제가 되지 않았다.

모태솔로의 저주를 받은 나에게 수컷만 아니면 되었다.

"찬우야, 자기소개 좀 하거라."

습관인지 머리에 붙은 머리카락을 소중하게 쓰다듬고 있는 담샘.

부드러운 목소리로 교탁 위로 나를 인도했다.

전 학교 성적표에 전교 1등이라는 숫자를 보고 나에게 지극한 호감을 품고 계셨다.

'이 학교 괜찮네.'

원주 제일 명문임에도 공부와 얼굴이 반비례한다는 법칙을 철저히 무시하고 있는 교실 내부 환경.

"강찬우라고 한다. 앞으로 1년 동안 잘 부탁한다."

패기 담긴 중저음의 목소리로 짧은 자기소개를 마쳤다.

길게 말할 필요가 뭐 있겠는가.

서로 부비부비하다 보면 다 알 것을 말이다.

"저기 뒤에 비어 있는 창식이 옆자리에 앉아라."

안타깝게도 남녀 합반임에도 불구하고 여자와 남자의 자리를 따로 분리한 교실.

오른쪽 제일 뒷자리에 담임은 자리를 배정했다.

"감사합니다."

고풍스러운 학교의 분위기에 맞게 예의를 잃지 않고 담임에게 살짝 고개를 숙이며 자리로 향했다.

파바바밧.

그 순간 새로운 물건을 품평하는 듯한 꽃사슴들의 눈길들.

"몸매 좀 되는데……."

"어머, 딱 내 스타일이야."

"180은 넘겠지? 우리 학교 교복을 저렇게 간지나게 입는 애는 처음이야."

귓가에 들려오는 꽃사슴들의 소곤대는 목소리.

일단 첫 만남은 성공적이었다.

찌릿찌릿.

하지만 그와는 반대로 반에 있는 열댓 명의 수컷들은 새로운 경쟁자를 향하여 살기와 경계의 눈초리로 바라보았다.

이들과 달리 이미 중학교, 고등학교 때 약육강식의 세계를 철저하게 경험한 나였다.

어설픈 시선을 싹 무시하며 창식이라 불리는 여드름 범벅의 등빨 좋은 놈의 옆자리에 앉았다.

"잘 부탁한다."

"눈탱이 깔아, 새꺄……."

자리에 앉으며 평범한 인사를 나누었건만 놈의 입에서 나오는 단어는 시비를 거는 단어.

'헐, 이 뭣만이 봐라.'

어차피 남자라면 한번쯤은 겪어야 하는 통과의례.

남녀공학이라 다를 줄 알았건만 이곳도 약육강식의 법칙이 존재했다.

'대충 보아하니 이놈이 학급 짱인 것 같군.'

나를 쫓아오던 꽃사슴들의 시선이 창식이라는 놈의 옆자리에 앉는 순간 거짓말처럼 사라졌다.

그리고 절대 뒤돌아보지 않는 꽃사슴들.

창식이라는 놈이 반에서 차지하는 위치를 무언으로 설명하고 있었다.

스슥.

놈의 말을 무시하고 자리에 앉았다.

"수능이 얼마 남지 않았다. 한 번 불어터진 짜장면은 다시

먹을 수 없듯, 너희들의 인생도 그러하다. 공부! 또 공부에 매진해서 가문과 학교, 나아가 국가에 이바지할 수 있는 훌륭한 인재가 되기를 바란다."

교탁에 서서 반 아이들에게 협박을 가하는 담샘.

"건방진 새끼, 너 이따가 점심시간에 뒈졌어."

담샘의 말을 경건히 듣고 있는 나에게 들려오는 겁없는 고삐리의 외침.

내가 상당히 마음에 안 든 것 같았다.

"콜."

앞을 보면서 내 입에서 담담하게 흘러나오는 한마디.

'1년 동안 편하려면 어쩔 수 없지.'

전 학교에서도 1학년 때부터 겪었던 수컷들의 숭고한 의식.

창식이라는 놈은 모르고 있었다.

1학년 때부터 학교뿐만 아니라 주변 지역을 평정한 광주 고삐리 주먹계의 전설을 말이다.

때르르르르릉!

"차렷! 경례!"

"수고하셨습니다!"

4교시가 끝난 점심시간을 알리는 벨소리가 울리고 안경 쓴 예쁘장한 여자 반장이 기계적으로 영어 샘을 내보냈다.

"……."

그리고 일순간 찾아온 교실 안의 정적.

원주에서 유일하게 국내산 재료로 유기농 급식을 한다는 학교라 잔뜩 점심을 기대하고 있는 나를 힐끔 바라보는 아이들의 시선.

"흐흐흐, 밥 처먹기 전에 나 좀 보자. 이 간뎅이 부은 새꺄."

수업 때 대부분 퍼자던 창식이라는 놈.

나보다 살짝 큰 키에 떡대는 씨름 선수를 해도 될 정도로 보였다.

그런 창식이 놈이 여드름이 곳곳에서 화산 폭발한 얼굴에 재수없는 웃음을 지으며 나를 향했다.

"빨리 끝내자."

이놈이 아니어도 할 일이 태산 같았다.

꽃사슴들과 친밀한 대화를 해도 모자랄 판에 놈과 노닥거릴 시간은 내 인생에 전혀 없었다.

그그극.

"어랍쇼? 이런 개새끼 봐라. 내가 누군지 알아! 내가 바로 이 학교 3학년 짱이야!"

의지를 밀고 벌떡 일어나는 여드름 돼지.

"그래? 그럼 더 좋고."

"뭐, 뭐가 좋다는 거야! 이 씨벌 새끼가!"

몇 달 동안 듣지 못했던 그리운 욕의 세계.

남자 고등학교에서는 씨 자 안 들어가는 단어는 단어 취급도 못 받았다.

그리고 이곳에서도 마찬가지.

씨익.

그르륵.

상큼한 미소를 지으며 나도 자리에서 일어났다.

"너희 둘! 교실에서는 싸움 금지야. 하고 싶으면 옥상으로 가!"

이런 일이 한두 번이 아닌 듯 뿔테 안경 쓴 귀여운 반장이 나와 창식이라는 돼지에게 옥상이라는 전쟁터를 소개해 주었다.

"가자."

"이, 이 새끼가……."

앞장서서 걷자 놀라는 돼지 창식이.

이제야 무언가 이상하게 돌아간다는 것을 깨달은 것 같았다.

"전망 좋네~!"

학교 옥상.

3학년 교실들이 자리 잡은 5층에서 몇 걸음만 옮기면 학교 옥상이었다.

'부지가 상당히 넓네.'

등 뒤로 치악산 산맥 자리가 자리 잡고 있는 지역 명문 원주 제일고등학교.

앞으로는 원주 시내가 한눈에 보이는 명당이었다.

"뭐야, 어떤 새끼가 개겨."

"저 새끼야?"

"전학 왔다는 놈이 어디서 건방지게……."

짧은 사이에 창식이라는 놈이 불안했는지 동료 똥개들을 모아왔다.

'수컷들의 세계란 정말 어쩔 수 없단 말인가.'

초등학교에 입학하던 때, 가방을 챙겨주시던 아버지가 나에게 학교를 조용히 다닐 수 있는 비법을 가르쳐 주셨다.

그건 바로.

'한 놈만 패라고 하셨지. 그것도 다시는 개기지 못할 정도로 피똥 싸게 말이야.'

언제나 정도를 걷는 장교의 입에서 나올 만한 말은 아니었지만 아버지 또한 수컷들의 세상을 일찍이 경험하셨기에 자신만의 노하우를 전수해 주신 것이다.

그리고 시작된 나의 평안한 학교생활을 위한 정화 작업의 시작.

전학을 갈 때마다 서열을 정하려는 아이들이 덤벼들었다.

그때마다 내 주먹은 참지 않았다.

물론 때릴 때도 노하우가 있었다.

처음에는 멋모르고 덤비던 놈의 앞 이빨을 왕창 깨는 바람에 훈련 중이던 아버지가 소환되어 몇 달치 월급을 합의금으로 상납해야 했다.

그리고 배운 상처 안 나고 죽도록 아프게 패는 노하우.

표나기 쉽거나 부러지기 쉬운 앞면이나 갈비뼈, 이런 곳 말고 배나 다리 같은 패더라도 피멍이 덜 들고 돈도 덜 드는 곳의 포인트를 지정해 주시고 아버지는 친절하게 사람 패는 방법을 나를 실험 삼아 가르쳐 주셨다.

'생각해 보니 그때가 가장 부자간의 우애가 깊은 때였지.'

다른 아이들은 술 마시는 방법과 사람 살아가는 예의를 아버지께 배운다 했건만 난 사람 패는 법을 배웠다.

그 결과 나는 패더라도 절대 돈을 지불하지 않는 사람 패는 고수가 되었다.

후에는 태극선기공을 사용하여 외상보다 살포시 내부 장기에 상처 주는 고도의 수법도 스스로 완성할 수 있었다.

"개새끼, 넌 오늘 뒈졌어."

"흐흐, 오랜만에 몸 좀 풀겠군."

등 뒤에서 감지되는 다섯 놈의 기운.

우두둑.

손에 깍지를 껴서 가볍게 손을 풀었다.

그리고 탁 트인 정경을 바라보던 눈을 돌려 돼지와 그 일당들을 뒤돌아보았다.

"누구부터 맞을래?"

"뭐, 뭐라고?"

"하아, 이 새끼 제대로 미쳤네."

"저 새끼 또라이 아냐?"

친절한 내 질문에 어이없어하는 창식 돼지와 그 똘마니들.

"셋을 세겠다. 앞으로 나오지 않으면 본 교관이 직접 선택하겠다."

"교관?"

"헐, 이 새끼 진짜 미쳤네. 푸하하하하!"

"낄낄낄……."

웃음을 터뜨리는 놈들.

"하나, 둘, 셋."

조용히 카운트다운을 끝낸 셋이라는 숫자.

"너부터 맞자."

손가락은 내 오른편에서 재수없이 낄낄대던 뱁새 눈의 안경 낀 껵다리를 가리켰다.

한눈에 봐도 패주고 싶은 뻐드렁니가 돌출된 더러운 인상.

"쳐라~ 쳐~!"

상황 파악 못하고 장난스럽게 턱을 내미는 놈.

팟!

3미터 거리에서 나를 포위하듯 진형을 짜고 있던 놈들.

자리를 박찰 것도 없었다.

몸을 숙이고 손을 칼날처럼 세워 무방비 상태인 놈의 북부에 빠르게 일격을 가했다.

퍽!

짧은 타격음.

"컥!"

안경에 가려진 쥐새끼 같은 눈동자가 한없이 커지며 신음을 내뱉는 놈.

털썩.

바르르르르르르.

자리에 그대로 주저앉더니 배를 움켜쥐고 신음도 흘리지 못하고 고통에 몸을 바르르 심하게 떨었다.

"뭐, 뭐야!"

"이 새끼 죽여 버려!"

"쌍놈이 어디서!"

친구가 쓰러지자 모든 일진들의 공통 무공인 다굴신공을 펼치는 놈들.

"네놈들은 한 대 더 맞아야 해."

말이 필요없는 상황.

달려드는 놈들을 향해 손과 발을 뻗어갔다.

나름 한가락하는 놈들이었지만 내 눈에는 슬로우 비디오를 찍는 것과 같은 모습.

'오늘 메뉴는 뭐가 나왔을까?'

그 와중에도 궁금한 이 학교 급식 상태.

나에게 중요한 것은 어여쁜 꽃사슴들과 부비부비 다음에 먹는 문제였다.

"룰루 🎵 ♪ ~!"

무사히(?) 신고식을 마치고 집으로 귀가하는 길.

나를 향해 달려들던 다섯 마리의 어린 늑대 새끼들에게 정신 개조의 은총을 하사하고 수업을 끝낼 수 있었다.

길게 끌 것도 없었다.

내력이 살짝 들어간 일수를 얻어맞고 사이좋게 옥상 바닥을 박박 기던 놈들.

며칠 동안 충격을 받은 내장 덕분에 화장실을 수시로 들락

거리며 생고생 좀 해야 할 것이다.

"급식도 괜찮고, 정말 전학 오기를 잘한 것 같아."

가이버 지식 검색으로 알아본 제일고등학교의 급식.

사용되는 식재료가 유기농 국산이라더니 정말 그대로였고 맛도 환상이었다.

전도연 할배들로부터 어린 시절부터 몸에 좋은 자연산을 얻어먹다 보니 내 미각은 순수 자연의 맛을 구별해 낼 줄 알았다.

그런 내 입맛에 딱 맞는 학교 급식.

앞으로 1년 동안 행복하기 그지없을 것임이 분명했다.

'울 할배지만 전직이 의심스러워.'

어느새 도착한 새로운 보금자리.

눈앞에 보이는 대지 500평의 건평 100평짜리 아담한(?) 전원주택.

치악산에서 뻗은 한 자락을 병풍처럼 뒷배경 전망이 환상인 원주에서도 부자들만 산다는 명당 중의 명당.

그곳에 내 보금자리가 있었다.

'그 아저씨 뭐라도 깨쳤을라나 모르겠네.'

바람처럼 살아가는 울 증조할배가 원주에 자리 잡게 된 결정적인 이유.

몇 년 전 지리산 약장수 도인의 거처에서 여름을 나시던 울 증조할배에게 등산하던 한 명의 순진한 아저씨가 어느 날 걸려들었다.

내가 보기에는 영 미덥지 않은 모습이건만 울 할배를 보는 이들은 모두들 감탄을 하였다.

도포 자락을 휘날리며 근엄한 표정을 짓고 있는 증조할배가 평범한 사람들의 눈에는 뭔가 있어 보였던 것 같았다.

그런 할배에게 걸려든 순진한 아저씨.

당시 아버지의 명으로 잠시 할아버지를 찾아갔던 나는 모든 것을 지켜볼 수 있었다.

인생 40 중반까지 세상 남부러울 것 없었지만 지금껏 장가도 못 가고 이제는 세상 사는 의미를 잃어버렸다는 말을 꺼내었다.

돈이 떨어지면 심심풀이로 큰 바위에 떡하니 앉아서 진짜 도사님들처럼 개폼을 잡고 정신 개념 없는 이들을 후리치는 재미로 사는 증조할배의 눈빛이 그 순간 변한 것은 오로지 나만 볼 수 있었다.

그리고 시작된 증조할배의 사기 행각.

전생부터 선기를 닦은 이가 풍진 같은 이 세상에 사니 그 무슨 의미가 있었겠냐, 딱 보아하니 선기의 인연이 깊어 몇 마디 말을 해주겠으니 이제부터 잘 들어야 한다며 증조할배는 전도연 협회 여러 정체 모를 도사들이 서로 비법을 내놓고

스터디하며 섭렵한 구라신공을 펼치기 시작했다.

음과 양, 지, 수, 화, 풍과 오행상생, 무시선 무처선, 무진 번뇌 같은 세상을 버려야 진정한 선계의 지식을 얻는다는 가르침 등등.

내가 알고 있는 선기공안의 공부와 여러 가지 귀가 솔깃한 말을 버무려 사람 하나를 바보로 만들었다.

'내 그때 알아봤다니까.'

길거리에서 마주치는 도를 아십니까와 차원이 다른 신선도.

정신없이 고개를 끄덕이던 남자가 갑자기 눈물을 흘리며 증조할배 앞에 큰절을 올리며 제자로 삼아달라 간청하였다.

아무리 봐도 자신이 전생에 증조할배의 제자였음이 분명하다며 못다 한 공부를 다시 하겠다는 것이었다.

그 말에 눈을 감고 고민에 빠진 척하던 증조할배.

남자가 진심을 보여준다며 전 재산을 헌납하고 신선도에 들겠다는 말을 뱉자 입꼬리가 살짝 치밀어 오르는 모습을 나는 발견하였다.

그렇게 결정된 한 중년 남자의 인생.

증조할배에게서 신선도 수련법 몇 자락과 전도연 협회 회원이 버린 지리산 토굴 하나를 선심 쓰듯 넘겨받고 감격의 눈물을 흘렸다.

그 당시 나는 확실히 깨달았다.

고대로 대대로 내려오는 신선이 되기 위한 수련법.

잘만 배우면 인생 먹고사는 데 지장없는 훌륭한 직업 스킬 중의 하나라는 것을 말이다.

지금 내 눈앞에 서 있는 이 대저택.

지리산 토굴에 들어간 중년 아저씨, 아니, 이제 내 사제의 전 소유물이었다.

"올겨울 추웠는데 안 얼어 죽었나 몰라. 쯧쯧."

중조할배도 겨울에는 토굴 생활을 하지 않았다.

쓸개가 천연보약인 반달곰이 아니고서야 스티로폼 깔판과 몇 장의 담요로 버티기에는 지리산의 겨울은 너무 춥고 배고픈 고난의 긴긴 시간이었다.

띠띠띠띠.

철컥.

아치형 돌대문의 철문이 전자키에 의하여 철컥 열렸다.

저벅저벅.

"룰루, 루루루 ♪ ♬"

콧노래를 마저 흥얼거리며 널따란 연못 딸린 정원을 가로질러 갔다.

'오잉?

그렇게 기분 좋게 2층 저택으로 들어가던 나.

갑자기 온몸에서 느껴지는 생소한 느낌에 발걸음이 멈춰 섰다.

태극선기공을 몇 년 동안 수련한 덕분에 일반인보다 열 배 정도 예민해진 나의 오감 플러스 육감.

증조할배와 다른 낯선 몇몇 기운에 긴장감이 맴돌았다.

'호, 혹시……'

그리고 머릿속에 떠오른 불길한 생각 하나.

전도연 회원들 중에서 유난히 죽이 맞아 할아버지와 형님 동생 하는 몇몇 사기꾼 같은 도사들의 모습.

나도 모르게 온몸이 굳어갔다.

한 번 등장하면 내 평온한 일상을 아작 내버리는 사기꾼 할배들.

어느새 등에서 식은땀이 흘러내렸다.

"왔으면 어서 들어오지 않고 무얼 하느냐!"

그때 벼락같이 울리는 증조할배의 꼬장꼬장한 목소리.

귀신은 속일 수 있어도 자신은 속이지 못한다는 증조할배.

나의 등장을 알고 있었다.

'쳇……'

수십 배는 뛰어난 증조할배의 선기공 능력.

"하, 학교 다녀왔습니다."

들켜 버린 상태.

목청 돋워 인사를 전하며 저택 안으로 들어서야 했다.

'크으, 내가 미쳐!'

혹시나 했던 상상이 역시나가 되는 순간.

"왔다! 똥이다!"

"크으! 이럴 때 싸다니……."

"현몽, 자네 큰일을 저질렀네그려. 쌍피가 딸려 있는 똥을 싸다니. 허허."

널찍한 서실.

그곳에 자리 잡은 세 명의 할배들.

전도연 회원에 가입하려면 최소 인생 한 바퀴라 할 수 있는 환갑을 지나야만 가능하였다.

하지만 지금 내 앞에 있는 이들은 연세 구십을 넘나드는 할배들.

다른 이들이 봤을 때는 이제 한 오십 줄에 들어선 이들로 보일 정도로 젊어 보였다.

'신선 되신다는 분들이 만났다 하면 동양화 감상이야!'

저러니 내가 울 증조할배를 믿지 못하는 것이었다.

인자하고 위엄있는 도인의 풍채와는 달리 사기, 도박, 깽

판, 협박, 구라를 특기로 삼고 여인 보기를 황금같이 여기며 살아가는 증조할배.

"찬우야, 부엌에 안주거리 있으니 후딱 부탁한다."

내 얼굴을 보지 않고 말을 하는 똥 싼 할배.

증조할배의 동업자로 손색이 없는, 자칭 잃어버린 장생불사 선단 비법 제조의 전문가라 하는 월출산 약장수 현몽 도인.

작달막한 키에 언제나 붉혀 있는 주먹코.

불사의 영약을 제조하여 우화등선하는 것이 꿈이라 했건만 내 기억에는 약국에서 파는 소화제를 섞어 만든 요상한 한약을 비싼 값에 팔아먹는 사기꾼에 불과했다.

"아가야, 오랜만이구나."

현몽 도인과 달리 울 할배처럼 풍채가 좋은 백운 도인.

일 년 내내 백운산 고로쇠를 장복한다는 고로쇠 기인이라 불리는 백운 도인은 사주와 역술, 천문 전문가라 불렸다.

물론 내 눈에는 정신줄 놓고 사는 돈 많은 아줌씨들에게 부적 한 장을 100만 원이 넘는 고가에 팔아먹는 돈 되는 사업(?)을 하시는 존경할 만한 사기꾼 할배에 불과했다.

"잠시만 기다리십시오. 제가 금방 안주를 장만해 오겠습니다."

내가 올 때마다 나를 팔아 아주 편하게 삶을 살아오신 중앙에 앉아 계시는 가장 도인다워 보이는 우리 증조할배.

"냉큼 한상 차리거라. 오랜만에 찾아오신 귀한 손님들이시다."

"예예. 소손 냉큼 부엌으로 들어가겠습니다."

더럽고 치사하고 아니꼬와도 나를 이 세상에 내보내 주신 조상 할배.

인상을 썼다가는 개피를 볼 수 있기에 싹싹한 표정을 지으며 부엌으로 걸음을 옮겼다.

"앗싸! 똥이다!"

"오오! 무량, 득똥 하셨구러. 축하하오."

"허어, 내가 싼 똥인데… 저놈의 똥 쌍피가 나를 유혹만 안 했어도……. 번뇌로다, 번뇌야……."

'에휴, 저분들이 신선이 된다는 게 말이 돼?'

도저히 내 상식으로 이해할 수 없는 전도연의 수많은 해탈을 꿈꾸시는 일탈(?) 도인들.

고스톱 치는 단어 자체도 범상치 않았다.

'쯧쯧, 난 절대 저렇게 살지 말아야지.'

그런 도사 할배들 곁에 수북이 쌓여 있는 소주병과 막걸리병.

고개를 저으며 내 일터인 부엌으로 들어갔다.

잘만 보이면 백 년 묵은 도라지나 더덕, 그리고 가끔씩 산삼 플러스 두둑한 용돈도 얻을 수 있기에 기분은 그리 나쁘지 않았다.

 다만, 도사들 주제에 엄청나게 고기를 먹고 술을 마시는 뒷수발이 조금 귀찮을 뿐이었다.

 "헉……."

 집 안 평수에 맞게 엄청난 넓이를 자랑하는 부엌.

 들어서는 순간 내 입에서는 비명성이 터져 나왔다.

 "메, 멧돼지?"

 떡하니 식탁 위에 누워 있는 거짓말 좀 보태서 집채만 한 젖가슴 덜렁거리는 멧돼지 아줌마.

 그리고 그 옆에 자리 잡은 봄에 나는 귀한 각종 산나물들과 여러해살이 약용 버섯 덩어리.

 시중에 나가는 순간 상당히 돈 될 만한 물건들이 비닐 포대에 담겨 아무렇게 널브러져 있었다.

 "큼큼. 저 멧돼지가 어찌나 내 앞에 나타나 해탈을 해달라고 아우성을 치는지……."

 그런 내 귀에 들려오는 월출산 현몽 할배의 헛기침과 거짓부렁.

 어찌 멧돼지와 인간이 말을 할 수 있단 말인가.

 더욱이 한 세상을 먹는 재미로 사는 멧돼지가 위장이 배 밖으로 가출하지 않은 이상 해탈해 달라고 고개 숙일 수는 없었다.

울 할배와 같이 살생, 사기, 구라, 공갈, 협박은 기본이요, 다들 80줄이 넘어서도 등산하는 예쁘장한 아가씨들만 보면 아직도 환장하시는 수많은 도사 할배들.

'에휴… 하늘의 신장들은 뭐 하나 몰라. 저런 잡도사들 안 잡아가고.'

진작 포기한 나.

고개를 저으며 아무것도 모르게 씨익 잘도 웃고 있는 멧돼지의 얼굴에 심심한 조의를 표했다.

이왕 이렇게 된 것.

아주 뼈까지 국물로 우려내 그 숭고한 희생에 대한 예를 표할 작정이었다.

'오랜만에 맥적이나 만들어야겠군.'

최상급 재료인 야생 암컷 멧돼지.

혼자 살아온 덕분에 요리사 저리 가라 할 정도로 음식 만들기를 즐겨 하는 나.

된장으로 맛을 내는 궁중요리 맥적이 머리에 순식간에 그려졌다.

"루루, 룰루루~ ♪ ♪"

어느새 입을 타고 흘러나오는 즐거운 흥얼거림.

어차피 피할 수 없으면 최대한 즐기고 살자는 것이 내 인생 모토.

잘 벼려진 식칼을 들고도 난 행복하였다.

어차피 내일 일도 모르고 사는 인생.

오늘 배부르고 등 따습다면 더 바랄 것이 없었다.

쉬쉬쉬쉬쉬쉬쉭.

파아아앗.

"헉헉······."

새벽 3시.

아직 해가 뜨려면 멀었건만 발바닥 땀나게 치악산 정상 1,288미터 비로봉을 향해 복날 개장수에게 쫓기는 똥개처럼 달려야 했다.

봄이었지만 아직은 차가운 새벽 기운이 푸른 도복에 감도는 땀방울 위를 감돌았다.

지난 세월 열심히 닦았다 하지만 도사 할배들에 비하면 10분의 1도 안 되는 수련 기간.

도사 할배들이 놀라운 성취라 했지만 나는 이제야 입문을 넘어서고 있었다.

정식 명칭 태극선기공.

단군 할배 때부터 내려온다는 대한의 후손들에게 허락된

신선이 되려는 자들의 필수 운기법.

어려운 수련법은 아니었다.

가지고 태어난 선천지기와 자연에 널린 후천지기들을 태극선기공상의 운기 방법으로 합일시켜 인간이 태어날 때처럼 순수한 자연지체를 만들어가는 수련법.

시린 겨울 계곡 얼음물을 깨고 몸 좀 담가주고, 뙤약볕이 내리쬐는 한여름에 널찍한 절벽 바위에 몸을 누이고 온몸으로 호흡하는 정도?

물론 수련자들 중 일부가 얼음물에서 추위에 정신줄 놓고 있다 온몸에 동상 좀 걸리고 가끔씩 스승 없이 혼자 수련하다 얼어 죽거나, 여름에는 절벽에서 더위에 축축 늘어지다 낙상사하는 정도의 위험밖에 없다 들었다.

"후우, 후우, 후우!"

어렸을 때부터 명산대첩을 찾아다니며 뭇 할배들에게 태극선기공을 수련한 덕분에 이미 몇 년 전에 천지 기운들을 대주천하여 몸에 단약을 만들 수 있었다.

도사 할배들도 그런 나를 놀라워하였다.

천지간의 지기가 오염된 상태에서도 옛 문헌에서나 나올 법한 성취를 올리는 나에게 도사 할배들은 하늘이 내신 천신지체라 하였다.

잘만 하면 인생 30줄에도 우화등선해서 미스월드 급 선녀들과 농담 따먹기를 할 수 있을 것이라며 나를 꼬드기기까지 하였다.

'절대 그렇게는 못하지!'

하지만 난 전혀 그럴 마음이 없었다.

아직 경험하지 못한 넓은 세상.

모든 것들을 최고급 럭셔리 인생으로다가 살다 갈 참이었다.

길고 굵게! 그리고 최대한 폼나게!

그것이 내 삶의 좌우명이었다.

파앗!

상큼하게 발이 뻗어나갔다.

단약을 이룬 이후로 천지간의 기운이 내 의지대로 흘렀다.

아직은 미약하지만 몇 년만 더 축적하면 어지간한 수련을 마친 전도연 할배들과도 어깨를 나란히 할 수 있는 경지.

가볍게 날다람쥐처럼 산자락을 치고 올라갔다.

타앗!

"하아……."

그리고 어느 순간 치악산 정상에 오를 수 있었다.

천지간의 음과 양의 기운이 교차하는 새벽 무렵의 산 정상.

잠을 이루지 못한 구름이 한숨을 쉬며 머무는 대지.

선계에서 뛰쳐나온 세 마리의 학이 비로봉 정상 위에서 춤을 추고 있었다.

"벌써 놀고들(?) 계시네……."

태극선기공을 수련한 이들에게 내려오는 신선계의 무공인 선무도하도.

전도연 할배들은 선무도하도를 펼칠 때 논다는 표현을 사용했다.

휘릭, 휘릭, 휘리리릭.

하얀 도포 자락이 움직일 때마다 같이 휘노는 구름 몇 점.

비로봉 가파른 정상 위에서 고고한 세 마리 학 같은 도인 할배들.

불과 몇 시간 전까지 주구장창 동양화 감상에 멧돼지 뼈까지 우린 국물까지 마시며 참씨 집안의 이슬이를 주거니 받거니 했건만 변해 있었다.

'정말 멋지단 말이야.'

태극선기공을 수련한 후에 처음 맛보았던 자연지기의 순수한 맛.

단약을 만들 때 느껴보았던 천지가 개벽할 것 같은 내 몸과 자연과의 동화현상 진기 진동.

할배들의 노는 모습에 아랫배에 잠들어 있는 천지간의 기운이 요동쳤다.

아직은 미약하지만 뛰놀고 싶은 기운들의 회동.

'한번 놀아볼까.'

덩실덩실 몸이 가벼워지며 저절로 반응하는 내 몸.

할배들과 놀고 있는 구름 사이로 살포시 몸이 끼어들어 갔다.

씨이익.

입가에 지어지는 작은 미소.

오늘 같은 날은 절대 사기꾼 같지 않은 할배들과 나는 그렇게 동화가 되어갔다.

이렇게 선무도하도를 통하여 한바탕 땀을 쭉 빼고 나면 개운해지는 내 몸과 마음.

뜨끈뜨끈한 황토 찜질방에서 무한 공수받은 원적외선 세례와 다를 바가 전혀 없었다.

"허어……."

"찬우가 벌써 저리 자랐구려."

태극선기공의 정점에 오른 세 명의 도인.

자신들과 숨 쉬던 천지간의 기운에 끼어든 작은 기운에 자연스럽게 물러났다.

그리고 놀라운 눈으로 무량 도인의 증손주인 찬우를 보았다.

"백운, 저 아이의 인연이 얼마나 남아 있소이까?"

도를 위하여 산에 들어갈 때 이미 가족 모두를 잊었다 생각했건만, 어쩔 수 없는 피붙이인 증손자에 대한 애틋한 마음을 감추지 못하는 무량 도인.

천문과 사주 역술의 대가 백운에게 남아 있는 인연의 시간을 물었다.

"사주에 깃들어 있던 천마의 운명이 곧 통기가 되어 강하게 화동할 것 같구려……"

"그러면 얼마 남지 않았겠구려……"

천지가 감응하는 선무도하도에 빠져 덩실덩실 춤을 추는 찬우를 바라보며 조용히 말을 뱉는 백운과 무량.

세상 풍진을 잊고 사는 도인들이라 하지만 섭섭함이 눈동자에 배어 있었다.

"어차피 그 누구의 뜻대로 할 수 없는 인연의 그물. 우리 또한 찬우와 다를 바가 뭐가 있겠소이까. 그저 이 순간… 주어진 운명 속에서 즐거이 노닐다 가면 그만인 것을……. 자, 우리도 한바탕 또 놀아봅시다."

"그럽시다. 찬우를 보니 흥이 절로 나오이다."

어느새 섭섭함은 흘러가는 구름 사이로 날려 버린 세 명의 도인.

  우주를 만들어내고 있는 새끼 용 같은 찬우가 주변에서 다시 춤을 추기 시작했다.

  손가락 마디 하나하나에 담겨 있는 천지간의 기운.

  그들은 그렇게 한 몸이 되어 춤을 추었다.

  이 순간 너와 나도 없는 한 몸이 되어서……

Chapter 04

모용미미

마계
대공
연대기

"어머!"
"하아, 너무 향긋해."
"냄새만 맡아도 머리가 뻥 뚫리는 것 같아."
인간은 적응의 동물이 맞다.
불과 얼마 전까지 입에 씨 자가 들어가는 단어를 수시로 뱉으며 치고 패고 카오스 소용돌이 같았던 남고에 다녔었건만, 지금 나는 한류 스타처럼 매너있는 웃음을 입가에 매달고 있었다.
'흐흐, 귀여운 것들~'

전학 온 지 딱 나흘 만에 내 곁으로 모여드는 꽃사슴들.

나에게 이빨을 들이대다 내장의 반란을 맛보았던 창식이와 그 똘마니들.

확실하게 레벨 차이를 확인하고서는 나와 눈도 마주치려 하지 않았다.

누렇게 뜬 홀쭉한 얼굴 상태로 보아 삼 일 동안 상당한 고통의 시간을 보냈음을 확인할 수 있었다.

대신 이렇게 급식이 끝나고 난 뒤에 티타임의 시간을 쫓아 몰려온 꽃사슴들.

단단히 밀봉된 보온병을 열자 향긋하게 퍼져 나가는 국화차 향기에 초롱초롱 눈망울을 밝히고 있었다.

'일단 먹는 것으로 친해져야 한다고 했지.'

남고에 다녔을 때 불과 얼마 전까지 가장 친했던 자칭 연애박사 안드레야 김.

키도 그리 크지 않고 여드름투성이에 배까지 살포시 나온 녀석이었건만 반경 50킬로 안에 있는 여고에서 놈을 모르면 간첩이라는 소리까지 들을 정도로 인기를 얻고 있었다.

그런 안드레야 김이 남녀공학에 진학하는 나에게 전해주었던 자신만의 이성 필승 공략 비법.

그것은 바로 긍정적인 마인드에서 나오는 자신감과 친절함이라 했다.

물론 어느 정도 외모가 받쳐 주면 작업이 쉽게 끝날 수도 있지만, 안드레야 김은 의외로 자신과 같은 타입이 여성들에게 더 어필될 수 있다 하였다.

외모는 좀 떨어진다 해도 여성으로 하여금 부담감을 없애 접근하기 쉽고, 접근 뒤에는 농담과 함께 친절함을 가장한 여러 가지 수법으로 친밀도를 올린다는 것이다.

그리고 마지막으로 자신만이 어필할 수 있는 방법으로 여성을 공략한다 하였다.

그런 안드레야 김의 방법은 바로 수준급에 오른 기타 실력과 가창 실력.

자신이 개발한 분위기 좋은 몇몇 사냥터(?)에서 필살기인 기타와 가창 실력으로 여성들을 공략한다면 100에 80 정도는 사냥에 성공할 수 있다 하였다.

그러한 안드레야 김은 내 상태를 진단하고 일인 처방을 내렸다.

외모야 모델 부럽지 않은 수준급에 말발도 괜찮고 성격 또한 자신에게 인정받을 정도로 쓸 만하고 이성에 대한 호기심과 굶주림에 전투력 100에 올라 있기에 투지 또한 완벽하다 했다.

다만 세상과 조금 단절된 상태로 인하여 문명 흡수력이 뒤떨어지고, 여자 손도 못 잡아본 초보 레벨 상태라 자칫 레벨

이 상당한 강력한 이성을 만났을 때, 내상을 입고 주화입마에 빠져 죽을 때까지 모태솔로의 강력한 저주를 계속 맛볼 수 있다 하였다.

그런 내가 경험도 없이 남녀공학에 간다는 말에 안드레야 김은 필승 기술로 요리를 택하게 만들었다.

다른 것은 몰라도 어릴 적부터 혼자 놀기의 달인이 되어야 했던 내가 익힐 수밖에 없던 요리 스킬.

우리 집에 놀러 와 내 실력을 맛본 적이 있던 안드레야 김은 나에게 먹는 걸로 커플 축복의 은총을 받을 수 있다 확신하였다.

그리고 단 삼 일 만에 어느 정도 계략이 먹혔다.

아무리 투지 100에 오른 나라 하더라도 초롱초롱한 눈망울의 꽃사슴들에게 쉽게 다가가기는 쉽지 않았다.

더욱이 현재는 이성의 호기심이 살짝 줄어드는 고3 시절.

일단 장기전을 예상하고 언제나 부드러운 미소를 입가에 머금으며 생활을 해나갔다.

그러나 생각보다 일이 쉽게 풀려 버렸다.

먹는 방법의 최하 단계인 여러 가지 차로써 꽃사슴들을 유혹할 수 있었다.

'이게 단순한 국화차가 아니지.'

시중에서 파는 길가 표 국화가 아닌 깊고 깊은 산중의 정기를 머금은 국화 중의 국화 들국화.

증조할배가 여도사들에게 대접할 때 사용하는 최상급 재료로 만든 국화차는 돈 주고도 사먹을 수 없는 귀한 물건이었다.

거기에다가 끓인 물은 치악산 중턱에서 나오는 약수물이며 수십 년 된 장생 도라지와 물찬 더덕이 목욕하고 지나간 육수에 우려낸 차라 향기는 은은하고 맛은 쌉싸름한 보약 중의 보약이었다.

유치원까지 무려 13년 이상을 공부 스트레스로 살아온 꽃사슴들.

영혼과 육체의 기를 보충할 수 있는 보약 냄새를 맡고 내 주변에 이리 몰려든 것이다.

감히 접근하지 못하는 남자 놈들과 달리 여자들만이 소유하고 있는 육감에 따른 본능적인 행동이었다.

"뜨거우니까 조심해."

일본 아줌마를 홀리는 욘사마 형님처럼 크림 같은 미소를 지으며 꽃사슴들이 내미는 머그컵에 국화차를 따라주었다.

또로로록.

"아……."

"찬우야, 난 많이 따라줘."

한 잔 마셔본 아이들의 입에서 퍼져 간 국화차의 효능.

"차, 찬우야, 나도 한 잔만……."

첫날 나에게 친절하게 옥상이라는 싸움터를 알려준 반장 지효림.

우리 반 꽃사슴들 중에서 가장 도도한 척하던 반장 지효림이 안경 너머의 눈동자에 쑥스러움을 담고 나에게 항복의 백기를 흔들어왔다.

"차는 많아. 천천히 마셔."

이럴 줄 알고 대형 보온병 두 개에 차를 담아왔다.

국화 말고도 최상급 영지, 각종 희귀 버섯, 자연산 녹차까지 몸에 좋은 재료들은 집에 널리고 널렸다.

증조할배를 찾아온 여러 도사들이 선물로 들고 온 것이다.

"찬우야, 여자친구 없어?"

'오예!'

내가 원하던 질문을 알아서 던지는 눈망울 큰 혜미라는 꽃사슴.

"아직 없어."

"저, 정말?"

"응."

"와아! 믿기지 않아. 너 같은 애가 왜 여친이 없어?"

"그래. 말도 안 돼! 우리 반 찌질이 남자애들도 대부분 여친이 있는데."

"호호. 찬우야, 오늘부터 친하게 지내자."

'흐흐, 대성공이다!'

레벨업을 알리는 꽃사슴들의 친절함 가득한 목소리들.

'하아, 행복하여라.'

같은 반의 남자애들은 창식이 사건을 소문으로 들었는지 절대 나에게 관심을 표하지 않았다.

그 덕분에 미모가 수준급인 우리 반 꽃사슴들 틈에 홀로 앉아 있는 이 기분.

신선이 부럽지 않았다.

드르르륵.

'응?'

그때 거칠게 열리는 교실 앞문.

3월이지만 날씨가 쥐약을 먹었는지 한겨울의 굵은 눈발이 오락가락하는 원주시.

난방 없는 교실이었기에 저렇게 거칠게 문을 열 간 큰 놈은 없었다.

그런데 문이 거칠게 열렸을 뿐 아니라 문을 열어놓고 천천히 등장하는 몇몇 존재들.

'얼라리요? 저 간 큰 2학년들은 뭐야?'

학교라는 것이 규율이 어수선한 것 같지만 제법 위아래가 엄격한 곳이다.

특히 저학년일수록 매점에 진출할 수 있는 시간과 겨울에 따뜻하고 여름에 시원한 명당 자리에서 멀리 앉는 것이 전통 아닌 전통.

특히 명문이라 불리는 학교일수록 위계질서가 철저했다.

저벅저벅.

내 일반적인 상식에 위반하며 문을 열어놓은 채로 등장하는 다섯 명의 2학년을 상징하는 노란 명찰을 달고 나타나는 꽃사슴들, 아니, 조폭들.

'쟤들은 뭐야?'

분위기가 제법이었다.

남자 학교에 갔어도 먹혀들 껌 좀 씹고, 라이터 좀 땡겼을 것 같은 겁없는 2학년들.

"……."

3학년 짱이라던 창식이에게도 지지 않던 반장 지효림의 얼굴이 굳어가며 하얗게 변해갔다.

그뿐만 아니라 자신들 교실에 남아 있던 남자 녀석들도 겁에 질린 표정을 하며 책상에 얼굴을 파묻거나 책을 보는 척했다.

"강찬우가 어떤 새끼야?"

'헐? 지금 날 부른 거야?'

아직 상황 파악이 되지 않았다.

나흘 동안 학교를 다녔지만, 창식이를 비롯한 우리 반 남자 녀석들은 내가 말만 꺼내면 얼어붙었고, 나 또한 놈들에게 관심이 없었기에 모범생 노릇을 하고 있었다.

더욱이 학교생활을 편안하게 하기 위하여 선생님들 스타일도 파악하느라 이런 뭣 같은 상황이 닥칠 줄은 몰랐다.

'이것들이 죽여달라고 고사를 지내네.'

꽃사슴들이라고 해서 다들 얼굴 착하고 몸매 착할 수는 없었다.

그 점은 부모님들의 열성학적인 유전인지라 나도 뭐라고 하지 않는다.

하지만 성격 안 착한 것들은 예외.

아무리 여자라도 자신들의 주제 파악 내지 조직에 해를 끼치는 존재는 보호하지 않음이 내 철칙이었다.

그런 내 기준에 적합한 존재들.

얼굴과 몸매가 착하지 않은 것들이 성격까지 착하지 않자 좋던 기분이 싹 가라앉았다.

"미, 미미 패거리들이잖아."

"쟤들이 왜 찬우를……."

내 귀에 들릴 정도로 겁을 집어먹은 목소리로 말을 꺼내는 우리 반 꽃사슴들.

'미미?

이름이 그리 특이하지는 않지만 그렇다고 평범하게 들을 수 있는 이름이 아닌 미미라는 이름.

첫날 등교 때 나와 마주쳤던 모용미미가 순간적으로 떠올랐다.

"어떤 새끼가 찬우야!"

화를 버럭 내는 싸가지없는 후배들.

"내가 찬우다."

화가 나면 습관적으로 살짝 치켜올라 가는 오른쪽 입술.

차가운 미소를 지으며 안 착한 것들에게 나를 알렸다.

스르륵.

내 말과 동시에 모세의 기적처럼 앞을 막고 있던 꽃사슴들이 앞을 터주었다.

"그래? 그럼 따라와."

건방이 하늘을 찌르는 후배들.

감히 천하의 강찬우를 향해 따라오라 명령을 내렸다.

'하아, 창식이라는 새끼는 뭐 해놓은 거야?'

자칭 3학년 짱이라는 창식이 놈.

그런데 3학년 교실에 난입한 겁없는 2학년 중생들.

내 상식으로 이해가 가지 않았다.

드르륵.

자리에서 일어났다.

저 철없는 것들이 날뛰는 것으로 보아 무언가 뒤에 있다는 얘기.

확인해 볼 필요가 있었다.

"찬우야……."

"……."

나를 향해 걱정의 눈빛을 던져 주는 귀여운 꽃사슴들.

이런 문제는 선생님들도 개입할 수 없었다.

빛과 어둠이 공존하는 21세기 정글.

그곳이 바로 교실이라는 공간이었다.

"흥!"

내가 자리에서 일어나자 콧소리를 내며 밖으로 퇴장하는 못된 것들.

느긋하게 그들 뒤를 따라갔다.

이번 기회에 학교 정화 사업을 대대적으로 펼칠 계획을 마음에 품고서…….

'여기는 또 어디야?'

학교생활 중 가장 행복한 점심시간.

운동장과 교정에서 뛰노는 꽃사슴들의 모습을 흐뭇하게 감상하다 도착한 곳은 학교 뒤편의 창고 같은 작은 건물.

'선도부실?'

전혀 익숙하지 않은 선도부실이라는 작은 간판.

드르르륵.

내가 따라오는 것을 확인한 다섯 명의 착하지 못한 것들이 창고의 문을 열고 안으로 들어섰다.

햇빛도 들어오지 않는 선도부실.

교실 반절 크기에 앞쪽에 작은 탁자와 십여 개의 의자가 놓여 있었다.

그리고……

'모용미미!'

나에게 피카츄의 저주와 내 눈동자의 순결을 앗아가며 사라졌던 천사 급 미모의 여신.

탁자 뒤에서 단정한 자세로 의자에 앉아 있었다.

'호오, 다시 봐도 완벽해~!'

바람에 날리던 긴 머리칼은 푸른 색감의 평범한 핀으로 교복 위에 가지런히 고정되어 있었고, 은빛 가루를 뿌려놓은 것 같은 뽀얀 피부와 서늘하고 큼지막한 눈동자는 나를 직시하고 있었다.

'자연산 콧날에 저 작고 붉은 입술… 신들의 최고 버프를 듬뿍 받았구나.'

보고만 있어도 절로 감탄이 나는 모용미미.

'얼라리요. 창식이도 있네.'

모용미미 옆에 서 있는 우리 반 창식이와 나에게 얻어터진 바보들.

그뿐만 아니라 1학년을 알리는 하얀색 명찰을 차고 있는 덩치 좋은 아이들도 몇 명 있었다.

"창식 선배, 저자가 3학년 면학 분위기를 해친다는 강찬우라는 전학생이 맞나요?"

"으… 응."

"흐음……."

'이 분위기는 뭐야?'

선배라 불렀지만 딱 보이는 상황은 지금 의자에 앉아 있는 모용미미라는 여자애가 보스고, 창식이라는 놈은 똘마니로 보였다.

그리고 나를 불러온 이유가 면학 분위기를 해친다는 말도 안 되는 트집.

"전학 와서 잘 모르는 것 같아 몇 가지 주의사항을 알려주려고 불렀다."

'다?'

군대도 아니건만 다로 끝나는 모용미미의 짧은 단어.

"우리 학교는 원주 제일의 명문 고등학교로 몇 가지 지켜야 할 수칙이 있다. 두발은 최대한 자유를 허용하지만 염색이나 파마는 안 된다. 복장은 학교에서 정한 그대로 착용해야 하며, 교내외를 불문하고 담배는 철저히 금한다. 또한 사사로운 개인 간의 폭력을 금하고 이에 불응 시에는 선도부에게 허락된 자치권의 범위 내에서 징계를 한다."

사무적으로 붉은 입술을 나풀거리는 모용미미.

며칠 전 자신의 소중한 곳을 수호하는 피카츄에게 일격을 당한 나를 알아보지 못하였다.

'어째, 이웃집 김 중사님 냄새가 풀풀 나냐.'

얼마 전 관사 옆집에 살았던 여특전사 김 중사.

여자임에도 특이하게 특전사 훈련을 받았던 여자 아닌 여자였던 김 중사님.

아무리 전학생이지만 선배인 나에게 탁탁 싸가지없는 단어를 뱉어냈지만 생각보다 기분이 나쁘지 않았다.

"짱, 아니, 선도부장님이 말하시는데 왜 자세가 그따위야! 똑바로 경청 안 해!"

'짱? 호오, 그렇단 말이지.'

선도부의 간판을 달고 있지만 학교 짱임을 실수 중에 밝히는 다섯 싸가지없는 것들 중 한 명.

보통 학교 선도부장은 고3이 맡건만 이 학교는 무언가 잘못되어 있었다.

기초없이 발랑 까져 버린 콩가루 집안을 보는 기분.

"고작 그 말 하려고 내 귀중한 점심시간을 빼앗은 건가?"

꽃사슴들과 친밀한 시간을 보낼 수 있는 점심시간을 빼앗은 인간들.

 이곳까지 오면서 가슴속에 담아두었던 분노를 서서히 개방시켜 갔다.

 움찔.

 나와 눈이 마주치자 움찔거리며 눈을 황급히 피하는 창식이와 그 일당.

 "간뎅이가 부었다더니 정말 그렇네."

 "흥, 전학생 주제에 어디서……."

 말이 끝나기 무섭게 발끈하는 다섯 싸가지없는 종자들.

 "후후, 이게 학교야 깡패 소굴이야? 2학년 주제에 3학년 교실에 들어와 공포 분위기를 조성하더니, 이제는 열린 주뎅이라고 함부로 말하네. 생긴 것도 자유방임주의적으로다가 개성적인 물건들이……."

 "뭐, 뭐라고!"

 "이 새끼가!"

 쐐애애액.

 내 한마디에 얼굴이 벌겋게 달아올라 나와 가까이 있던 호박 중 한 명이 제법 날카로운 발차기로 공격해 왔다.

 '이건 정당방위야.'

 위아래 없이 싸가지없는 것들은 맞아야 군기가 든다는 특

모용미미 105

전사 대원들의 교육 방침.

치마를 입었음에도 불구하고 날카로운 발차기로 내 앞가슴을 향해 족발을 날리는 겁없는 물건에게 가차없이 일수를 내리찍었다.

턱!

"악!"

쇠처럼 단단한 내 일격에 정강이를 부여잡고 바닥을 뒹구는 물건.

'좀 아플 것이다.'

돈 안 드는 곳 중의 한 곳인 정강이 부분.

내기를 살짝 담아 얻어맞은 정강이는 멍도 들지 않았지만 뼛속에 침투한 내기에 의하여 당분간은 쩔뚝이 생활을 해야 할 것이다.

"이, 이 새끼가!"

보아하니 창식이 못지않은 힘을 소유한 다섯 싸가지들.

자신들의 친구가 한 방에 쓰러지자 당황하고 있었다.

"아아… 우아아아아앙!"

바닥에 쓰러져 다리를 붙잡고 울기 시작하는 못난이 계집.

"저 새끼 조져!"

"개새끼가 어디서……."

팟!

더 이상 용서하고픈 생각이 없었다.

교실에서 보였던 건방진 작태.

바람같이 움직여 나와 가까이 있던 계집들의 얼굴을 향해 손바닥을 휘둘렀다.

짝! 짜자자작!

"아아악!"

"꺄!"

눈 뜨고 뺨싸닥 맞은 기분을 몸소 체험하는 어린것들.

힘 좀 살짝 썼더니 불이 나는 얼굴을 붙잡고 비명들을 질러대며 몸을 휘청거렸다.

손자국이 남겠지만 그렇게 하지 않으면 내 마음의 분이 풀리지 않을 것이었다.

"전학생이기에 면학 분위기를 해친 것에 대해 한 번쯤 용서해 주려 했는데… 말로 해서는 안 될 것 같군."

순식간에 정신 교육을 시켜놓고 흐뭇한 상태로 서 있는 내 귀에 들려오는 모용미미의 차가운 목소리.

'응?'

찌리리리리릿.

며칠 전 모용미미를 만났을 때 경험했던 경고음이 머리에서 울렸다.

'정말 고수였군.'

태극선기공은 아닐지라도 내가공부를 이룬 것이 분명한 모용미미.

내가 긴장할 정도로 기세를 풍겨내는 모습에 긴장감이 느껴졌다.

전도연 도사들 말고 처음 만나는 일반인 중의 고수.

그것도 나보다 한 살 어린 모용미미.

파앗!

지지 않고 기세를 풍겼다.

파르르르.

내가 자신이 뿜어낸 기운에 대항하고 여유로운 모습에 놀라는 모용미미.

나처럼 처음 상대를 만나는 모양이었다.

때르르르르르르릉!

그때 온 학교를 울리는 요란한 종소리.

점심시간이 끝나고 5교시 시작을 알리고 있었다.

"오늘은 여기까지. 할 말 있으면 언제라도 나를 찾아와. 저런 주댕이 거친 똘마니들 보내지 말고."

올 한 해 꽃사슴들과 행복한 일 년을 보내고 천하대에 합격하는 것이 목표인 나.

모범생적으로다가 학교생활을 하고 싶었기에 미련없이 고개를 돌렸다.

선도부를 장악한 행태를 보아하니 나처럼 모범생의 탈을 쓴 것이 분명한 모용미미.

저벅저벅.

뒤돌아 나가는 나를 잡지 않았다.

찌릿찌릿.

다만 내 뒤통수에 차가운 기운만을 날려대고 있었다.

'1학년 때 껄떡대던 3학년 놈들을 모두 때려눕히고 학교 짱이 되었고, 그 이후에 학교에 금연 정책과 동시에 불량학생들을 지도해서 2년 동안 아무 사고 없는 학교를 다스렸다 이거지. 거기에 공부도 전교 1등에 교장샘 이하 모든 샘들에게 사랑을 듬뿍 받는 모범학생이기도 하고 말이야.'

쉬는 시간에 조용히 내 물음에 사실대로 고하는 창식이.

깜찍이 동생도 아니면서 학교 짱이면서 동시에 모범학생의 탈을 아주 잘 쓰고 생활하는 이쁜 깜찍이 모용미미.

내력을 사용할 수 있을 정도의 무위 실력까지 소유한 모용미미의 정체가 더 궁금해졌다.

'원주에서 제일 유명한 중국집 자금성 주인의 무남독녀 이거지.'

사는 곳까지는 알아낼 수 있었다.

수년 전 원주에 나타난 자금성.

와이프도 없이 모용미미를 키웠고, 몇 달 만에 원주 최고의 중화요리 집으로 선정되었다는 자금성의 주인.

'모용 씨라면 화교일 수도 있겠군.'

상당한 비밀을 소유하고 있는 모용미미.

자신에게 접근하는 껄떡쇠 선배들을 아작 내고 학교를 점령한 전설로 불릴 만한 실력을 소유한 여자 짱.

절제된 행동과 딱딱 끊어지는 말투에서 제대로 어떤 단체에서 훈련받은 느낌을 받을 수 있었고, 차가운 눈빛에서는 마음공부도 제법 되어 있음을 짐작할 수 있었다.

입이 좀 거칠었지만 남자들을 다스리기 위해서는 필수불가결한 기술이기에 신경 쓸 문제는 아니었다.

'후후, 한 번 찾아가 봐야겠어.'

가만히 있어도 학교 짱의 체면 때문에 나에게 접촉을 시도할 것이 분명했지만, 내 성격상 앉아서 기다리는 것은 체질에 맞지 않았다.

듣자 하니 주말에는 아버지를 도와 자금성이라는 곳에서 일한다 했으니 한 번 찾아가 볼 생각이었다.

마계
대공
연대기

"현몽이 전수해 준 장백검술은 얼마까지 연습했더냐?"
"네?"
'갑자기 웬 검술?'
 어릴 적부터 나를 보았던 도사 할배들은 나를 자신들의 친손자처럼 귀여워해 주셨다.
 그런 까닭에 제자들에게만 허락되는 여러 가지 비기를 가르쳐 주었는데, 그중에서 얼마 전에 집에 왔던 선단 제조 전문가 현몽 도사님은 고구려 시대부터 내려오는 장백검술의 계승자셨다.

그리고 나를 붙잡고 어릴 적부터 육쪽 형태의 죽도를 휘두르며 장백검술이라는 것을 가르쳤다.

물론 총 한 방으로 어지간한 것은 해결할 수 있고, 진검 소지 또한 금지된 현대에서 쓸모없었기에 수련에 열심을 내지 않았던 나.

선무도하도만으로도 사는 데 지장이 없었기에 싹 무시하고 있었다.

"다 깨우치지 못하였느냐?"

'아침밥도 잘 드셔놓고 웬 시비시래.'

중학교에 들어간 이후로부터 피는 못 속인다고 아버지와 같이 사정없이 나를 굴리는 증조할배.

눈을 부릅뜬 모습에 정신을 바짝 차렸다.

"소손, 초식은 다 기억합니다만 직접 몸으로 습득하지는 않았습니다."

거짓말할 수도 없었다.

마음에 품고 있는 생각까지 귀신같이 알아내는 능력을 소유한 우리 증조할배.

"오늘부터 시간을 내서 장백검술을 모두 네 것으로 만들거라. 너도 알다시피 장백검술은 백민족성산인 백두산 도인들이 수련하던 민족 고유의 검술이다. 과거 중국 어느 문파도 우리 장백검술을 이겨내지 못했다. 그 점 깊이 명심하고 장백검술을 소홀히 여기지 말도록 하라."

"할아버지의 말씀 명심 또 명심하겠습니다."

'쳇, 나를 잡아드십쇼!'

증조할배 집에 오는 순간부터 편안함은 잊어버려야 했다.

관사에서 설렁설렁 수련하던 것과 달리 매일같이 새벽 4시면 기상해서 치악산 정상을 왕복해야 했고, 선무도하도의 모든 자세를 연마해야 했다.

거기에 장백검술까지 수련하자면 코피 터지게 시간을 더 쪼개야 할 판이었다.

'빨리 졸업해야 한다. 대학 합격 후 무조건 서울로 튄다!'

첨단 과학 시대를 달리는 21세기에 이 무슨 시츄에이션인가.

지금 소유한 무력만으로도 특전사를 때려잡는 판에 조폭이 되지 않는 이상 검술까지 목맬 필요성은 없었다.

'어라? 그런데 요즘 왜 이리 나를 저런 눈길로 보시는 거야?'

아주 어릴 적 할아버지 등에 안기거나 무등을 탈 때나 보았던 따스한 정이 흐르던 증조할배의 눈길.

요즘따라 예전에 받았던 그 정감 어린 눈동자를 다시 볼 수 있었다.

"찬우야……."

"네, 할아버지."

조용히 부르는 증조할배의 부름.

"어느 곳에 있던지 살아 있는 양심을 기준 삼아 네가 우리 강씨 가문과 한민족의 자랑스러운 후손임을 잊지 말고 모든 일에 최선을 다해 살거라."

'헐, 내가 튀려는 것 다 아는 거야?'

아버지의 반발이 심하면 천하대도 때려치고 해외로 튈 생각까지 있던 나였다.

그런 내 마음을 아시는지 어느 곳에 가서도 양심껏 살라는 증조할배의 조용한 부탁.

"하하. 걱정 마십시오. 제 양심껏(?) 열심히 살겠습니다!"

증조할배가 아니더라도 언제나 내 양심과 소신껏 세상을 살아왔다.

어미 없는 자식이라 초등학교 때 놀리던 어린놈의 아구창을 양심과 소신껏 쥐어 패서 쌍코피를 터뜨려 주었고, 중고등학교 때도 힘만 믿고 까부는 놈들에게 양심이 내는 소리에 따라 뒷 나게 패주었다.

그리고 앞으로도 이런 나의 양심과 소신은 변하지 않을 것이었다.

"그래, 그래야지······."

고개를 끄덕이며 다 큰 증손자의 머리통을 강아지 만지듯 어루만지는 증조할배의 손길.

'쳇······.'

오랜만에 만져 주시는 따스한 손길에 묘한 기분이 들었다.

그리고 생각보다 좋아지는 기분.

아마 전생에 주인의 손길과 개뼈다귀를 세상에서 가장 사랑했던 강아지 새끼였음이 분명했다.

'오호! 생각보다 큰데~!'

기다리고 기다리던 놀토.

증조할배는 웬일인지 내 손에 거금 30만 원을 안겨주시며 지리산 도사들을 만나러 가셨다.

며칠간 집을 비울 터이니 잘살고 있으라 말씀하시던 증조할배.

떠날 때 영영 안 볼 사람처럼 나를 보던 서글픈 눈동자가 마음에 걸렸지만 손에 들린 신사임당 할매의 풍염한 미소에 애써 무시하였다.

그리고 찾아온 장소.

'이름 그대로 자금성 모습이네.'

모용미미의 정체를 캐기 위하여 접근한 원주 제일의 중화요리 전문점 자금성.

배달의 기수들이 존재하지 않는 상급 레벨의 요리집답게 규모는 상상 이상이었다.

중국에 존재하는 자금성의 모습과 흡사한 3층 높이의 거대한 건물.

처마가 위로 날렵하게 솟아오른 모양이 중국 건물의 특성을 그대로 살렸고, 곳곳에 걸린 붉은 전등과 입구의 자금성이라는 황금 편액은 돈 좀 처바른 냄새가 확실히 났다.

'가이버 맛집에 뜰 정도면 서울에서도 대박났을 텐데, 왜 원주에 내려왔을까?'

이곳에 오기 전에 포털사이트 가이버에 검색했던 원주 자금성.

사람들의 칭찬 일색의 자금성 음식 맛은 원주 요리계의 자존심으로 불릴 정도였다.

'모용미미 표정이 궁금하군.'

주말이면 아버지를 돕는 효녀라 소문난 모용미미.

내 등장에 어떤 표정을 지을까 궁금하였다.

'시간은 딱이네.'

11시 오픈인 자금성.

지금 시각은 11시 30분.

걸음을 옮겨 붉은 주단이 깔려 있는 자금성 입구를 성큼성큼 걸어 들어갔다.

"어서 오십시오."

입구에 들어서자 마치 기다리고 있었다는 듯 나를 맞이하는 네 명의 직원들.

'웁스!'

갑자기 휘둥그레진 눈.

'치, 치파오?'

놀랍게도 고개를 깊숙이 숙이며 인사를 해오는 몸매 환상인 네 명의 여성들은 옆트임이 상당히 심한 중국 전통 복장 치파오를 입고 있었다.

'대박날 만하네.'

이미 입구에서 50% 먹고 들어가는 기막힌 상술.

고관대작을 맞이하는 듯한 아리따운 누님들의 환상적인 몸매와 치파오 복장 사이로 드러나는 늘씬한 다리는 미성숙 고삐리의 가슴을 사정없이 진동시켰다.

"손님, 저희 자금성을 찾아주셔서 감사합니다. 혹시 예약하셨는지요?"

허벅지가 거의 보이는 붉은색 비단으로 만든 치파오를 입고 있던 아리따운 누님이 생긋 웃음을 날리며 예약했는지 물었다.

"아, 아닙니다."
물론 예약 따위는 했을 리가 없었다.
"동행 분이 있으신지요?"
"없습니다."
"안으로 모시겠습니다. 본래 주말에는 예약 손님만 받지만 오늘은 딱 한 자리가 비었습니다."
"네……."
'비어 있는 한 자리를 혼자 온 나를 위해 내주겠다 이거야?'
서비스 정신도 훌륭했다.
혼자 온 손님을 위해서도 기꺼이 빈자리를 내주는 정신.
'그런데… 이 누님도 수상하군.'
나를 안내하는 엉덩이가 예술인 어여쁜 누님의 기운.
아는 자들만 감지할 수 있는 미약한 내력이 느껴졌다.
'이거 여우 굴에 들어온 것이 아닌지 모르겠네.'
모용미미만 수상한 게 아니었다.
자금성이라는 곳 자체가 무언가 비밀이 있음이 확실했다.
"이 자리입니다."
"하하. 예쁜 누님, 감사합니다."
"호호, 메뉴를 선택하시면 호출해 주십시오."
단정하고 깔끔하게 정리된 둥근 회전식 대형 식탁.

열 명이 앉을 수 있는 듯 좌석이 열 개였다.

"지금 바로 주문해 주십시오. 짜장면 한 그릇하고 사천식 탕수육 부탁드립니다. 그리고 시원한 콜라 한 병도요."

'중국집은 뭐니 뭐니 해도 짜장면과 탕수육이지.'

어릴 적 아버지가 집에 계실 때마다 시켜 먹었던 짜장면과 탕수육.

국어 문법 시간에 자장면으로 단어가 바뀌었다는 것을 알고 있지만 나는 짜장면을 고수했다.

왠지 자장면이라 말하면 느끼하고 매가리없어 보였다.

"자장면과 사천식 탕수육 주문받았습니다. 잠시만 기다리세요."

말과 함께 주문서에 숫자를 기입하고 고개를 숙이는 어여쁜 누님.

'헉… 누님, 너무 숙이지 마세요.'

계량형인지 옆트임만 심한 게 아니라 앞트임도 제법 심한 치파오.

마음과 달리 뻔뻔하게 바라보지 못하고 황급히 고개를 돌려야 했다.

차박차박.

인사를 마치고 돌려 사라지는 허벅지 짱, 엉덩이 짱 누님.

"아! 그리고 미미 있으면 좀 불러주십시오."

"네?"

"하하. 제가 미미 잘 아는 학교 선배인데 온 김에 얼굴 한번 보고 싶어서요."

"알겠습니다. 그런데 선배 누구라고 전해 드릴까요?"

"하늘을 나는 피카츄를 보았던 선배라고 하면 알 것입니다."

"하늘을 나는 피카츄요? 잘 알겠습니다."

내 말에 고개를 갸우뚱거리며 사라지는 예쁜 누님.

'내부 시설도 초호화 급이네.'

짜장면에 단무지만 제공하는 동네 중국집과 차원이 다른 자금성.

어른 허리만 한 붉은 금박 입혀진 도자기부터 시작해서 황금박이 입혀진 찻잔과 테이블.

그리고 중국식 격자무늬의 둥그런 내부 창틀까지 시설은 최고급이었다.

'헐,. 이건 강 아냐?'

돈을 얼마나 처발랐는지 복도 유리관 밑으로 흐르는 조약돌 깔린 강의 형상.

배도 띄워져 있었고 큼지막한 바위도 있는 모양이 심산유곡의 강가를 그대로 옮겨놓은 것 같았다.

'그런데 짜장면 값이 얼마였지?'

예사롭지 않은 장식들에 갑자기 생각나는 가격표.

다른 중국집처럼 벽면에 떡하니 가격표가 붙어 있지도 않았고, 주문을 마치자 메뉴판도 들고 사라진 예쁜 누님.

'설마 30만 원이야 넘겠어.'

이럴 줄 알고 중조할배가 하사한 두둑한 용돈을 들고 찾아왔던 것.

돈이 있다는 생각에 당황하던 마음이 가라앉았다.

차박차박.

그때 귓가에 들려오는 가벼운 발걸음 소리.

반쯤 오픈된 방 모양이었기에 고개를 돌려 널찍한 입구를 보았다.

"헛!"

입 밖으로 터져 나오는 놀람의 탄성.

'모용미미!'

내가 불렀건만 보는 내가 놀라고 있었다.

'오우! 완벽해! 퍼펙트!'

교복을 입었을 때와는 확연히 다른 모용미미의 자태.

자금성 정식 복장인 듯 장미 같은 색감의 붉은 비단으로 만들어진 치파오.

가슴에 황금 문양의 봉황까지 수놓아진 치파오를 입고

나타난 모용미미의 모습은 세상에 하강한 여신 그 자체의 모습.

오른쪽 손을 허리에 척 얹고 앞으로 살짝 뻗은 곧고 허여멀건한 다리.

"꿀꺽……."

나도 모르게 마른침이 절로 넘어갔다.

사람 환장한다는 표현이 이 상황을 표시할 수 있는 문장 그 자체.

긴 생머리를 둥글게 말아 은빛 망으로 귀엽게 두르고 붉은 비단으로 만들어진 머리끈으로 마무리를 하였고, 앵두 같은 입술을 살짝 깨물고 있었으며 나를 바라보는 싸늘한 크고 맑은 검은 눈동자는 나를 감동의 폭풍으로 몰고 갔다.

그리고 치파오 사이로 보이는 내 눈동자를 멀게 만드는 그놈의 탄력적인 새하얀 허벅지.

'투 플러스! 아니, 특등급!'

원 플러스 급 육질, 아니, 미모에서 두 단계나 격상한 모용미미에 대한 평가.

늘씬한 키에 숨기려 하지만 봉긋하게 솟은 가슴하며 개미허리 같은 날씬한 허리에 굴곡 심한 엉덩이 라인까지.

섭섭한 곳이 한 곳도 없었다.

"강찬우……."

샤방샤방 빛나는 모용미미의 입에서 흘러나오는 차가운 내 이름.

"하하, 내 이름 안 잊고 있었네."

"……."

분노가 깃들어 있는 모용미미의 눈동자를 보면서도 기죽지 않았다.

예쁜 꽃은 가시가 있어야 잡벌레가 못 다가오는 법.

날 선 모용미미의 모습에 서운함은 없었다.

마음만 먹으면 저 가시 따위는 핀셋으로 확 뽑아버릴 배짱이 있었다.

"그런데 피카츄는… 무, 무슨 말이야?"

'내 얼굴이 그렇게 개성없나?'

선도부실에서뿐만 아니라 힌트를 주었건만 아직 나를 알아채지 못한 모용미미.

내가 고개를 돌리고 어깨를 밟고 학교 담장을 넘어가는 시간이 상당히 짧았지만 나는 모용미미에 대하여 충분히 파악하고도 남았다.

하지만 모용미미는 나를 모르고 있었다.

"화요일 아침, 학교 담장, 대가리……."

"아……."

스무고개 질문처럼 하나씩 힌트를 주자 얼굴을 빨갛게 붉

피카츄의 추억 125

히며 작은 신음을 토하는 모용미미.

'딱 걸렸어. 흐흐흐.'

치사하게 피카츄 팬티로 협박하고 싶지 않았지만 워낙 드센 모용미미의 기를 꺾는 데는 그만한 무기가 없었다.

"나쁜… 놈."

'얼라리요? 내가 왜 나쁜 놈이야?'

대가리 숙이라고 고함치고 나를 밟고 넘어간 당사자가 할 말이 아니었다.

아침 등굣길에 어깨를 밟혔건만 참고 있는 나도 있건만 학교 앞 바바리맨을 보는 듯한 시선으로 날 보는 모용미미.

"강제로 보여준 네기 잘못일까? 아니면 어쩔 수 없이 보게 된 나의 잘못일까? 내가 아는 평범한 상식으로는 짧은 교복을 입은 여학생이 겁도 없이 남학생의 어깨를 밟고 학교 담장을 거침없이 뛰어넘은 행동이 잘못된 거 같은데 말이야. 안 그래?"

"……!!!"

질문에 손을 움켜쥐며 부르르 눈동자를 떠는 모용미미.

'어디서 까불고 있어.'

특전사 형님들과 삼 인용 비트를 파고서 서로 갈구는 것에 익숙한 나였다.

훈련이 힘든 만큼 야한 얘기와 농담, 갈구기에 천재였던 특전사 아저씨들.

　그런 아저씨들 틈에서 생존한 나와 어찌 상대가 될 수 있겠는가.

　'화내는 모습도 환상이네.'

　입술 깨물고 싸늘한 눈동자에 분노를 담고 있는 모습도 어찌 저리 어여쁠 수 있단 말인가.

　여유로운 겉모습과 달리 내 마음은 즐겁게 모용미미를 염탐하며 즐거움에 빠져 있었다.

　"미미야, 뭐 하고 있느냐?"

　"아, 아빠……."

　'오잉, 아빠?'

　당황한 모용미미를 부르는 친밀한 목소리.

　파스스스스.

　'헙스!'

　모용미미가 아빠라 부른 한 남자가 나타났다.

　개량 한복과 비슷한 중국식 복장을 걸친 사십대 중반으로 보이는 남자.

　적당한 키와 살짝 나온 배가 넉넉한 얼굴과 잘 어울렸다.

　'고, 고수다…….'

　드러내지 않았지만 도사 할배들과 함께하면서 느꼈던 부드럽고 강대한 기운의 냄새.

눈앞의 남자가 우리 증조할배 급의 실력자라는 것을 본능적으로 감지할 수 있었다.

"이 학생이 학교 선배더냐?"

"네?"

나를 보면서 눈가에 작은 이채를 띠면서 모용미미에게 묻는 미미의 아빠.

"안녕하십니까. 미미의 가장 친한 학교 선배 강찬우라고 합니다. 앞으로 잘 부탁드리겠습니다!"

자리에서 재빨리 일어나 가장 친하다라는 말을 강조하며 90도로 허리를 숙였다.

"헛……."

나에게 선수를 빼앗기고 벙찐 모습의 모용미미.

"하하, 씩씩해서 마음에 드는 친구군. 미미가 초대할 만하군 그래."

"아, 아빠!"

당황한 모용미미의 비명 섞인 외침.

"마음에 드셨다니 다행입니다. 앞으로도 잘 부탁드리겠습니다."

어차피 철판 깔고 찾아온 자금성.

씩씩한 미소를 지으며 다시 한 번 고개 숙여 미미 아버지께 잘 부탁한다는 인사를 올렸다.

"아빠, 그게 아니라……."

"사장님, 예약 손님들이 오십니다."

모용미미가 뭐라고 설명하려는 찰나 종업원의 목소리가 들려왔다.

"벌써 점심시간이 다 됐군. 찬우 군, 만나서 반가웠네. 주방에 말해놓을 테니 먹고 싶은 것 마음껏 먹고 가게."

"감사합니다, 아버님!"

마음껏 먹으라는 말에 힘차게 터져 나오는 아버님이라는 목소리.

'아싸~ 돈 굳었다!'

이래서 사람이 인사성이 밝아야 하는 것이다.

자칫 위기에 빠질 수도 있는 순간에 씩씩한 임기응변과 인사성으로 적을 아군으로 만드는 계략.

내가 생각해도 대단한 전략이었다.

"이씨! 내가 왜 너 같은 놈과 친하단 말이야! 오늘까지 딱 두 번 봤는데!"

아버지가 사라지자 양손을 허리에 대고 본격적으로 전투의지를 불태우는 모용미미.

"허어, 무슨 섭한 말씀을. 우리의 날카로운 첫 키스 같은 첫 만남은 왜 빼? 난 죽어도 그 순간을 영원히 잊지 못할 것 같은데."

"……."

첫 만남을 꺼내자 급격히 의지를 꺾고 얼굴을 붉히며 당황하는 모용미미.

'이미 게임 끝이다. 흐흐.'

이러려고 찾아온 것이 아니었지만 우연이 만들어낸 현실.

모용미미는 약점으로 인하여 급격히 몰락의 길을 걷고 있었다.

"그런데 여기는 손님이 오면 차도 안 주나? 다른 중국집은 차부터 내오던데. 큼큼."

나를 선도부실에 감히 선방지게 불러낸 대가를 살포시 돌려주고 자리에 앉아 능청을 떨었다.

"두고 봐……."

'그래, 우리 오래오래 두고 보자.'

독기가 제대로 오른 상태로 등을 돌려 사라지는 모용미미.

"아! 그리고 양장피하고 팔보채도 부탁해~!"

아버지 보너스 타실 때나 먹었던 양장피와 팔보채.

다른 요리들도 있겠지만 내가 아는 최고의 중식요리 명칭이었다.

휘청.

추가 주문에 몸을 살짝 휘청거리더니 뒤돌아보지 않고 사라지는 모용미미.
　"후후……."
　입가에 기분 좋은 미소가 피어올랐다.

Chapter 06

모태솔로의 저주와 벼락

"혁아, 이 차는 무슨 차야? 살짝 단맛이 나는데?"
"응. 뽕나무 상황버섯차야."
"사, 상황버섯? 그거 비싼 거 아냐?"
"암 환자에 치료된다는 그 상황버섯 아니지?"
상황버섯이라는 말에 깜짝 놀라는 꽃사슴들.
'다들 왜 이래, 집에 다들 100년 이상 된 산삼주도 없는 사람들처럼……'
집 안에 널린 게 이런 보약 덩어리들.
상황 중에서도 최고급이라 불리는 뽕나무 상황은 냉장고

에 들어가지도 못하고 집 안 창고에 널려 있는 증조할배 집.

겨울에 몸이 살짝 안 좋으면 큼지막한 뽕나무 상황버섯 하나 넣고 달인 물을 마셨고, 여름에 입맛 없을 때는 산에서 방사해서 키운 씨암탉에 갓 뽑아온 싱싱한 산삼 몇 뿌리 넣고 삶아주면 그만이었다.

"맞아."

"아……."

"우리 할머니가 암에 걸렸을 때 수백만 원 주고 샀었는데… 이거 몸의 불순물을 다 제거하는 명현현상도 일어나는 귀한 보약이라던데."

급히 한 잔을 들이켜며 다시 보온병을 드는 상미라는 꽃사슴.

"어쩐지 머리가 개운해지더라."

"나 완전 행복해."

점심 식사 후의 느긋한 티타임.

꽃사슴들에게 둘러싸여 행복한 여유를 맛보고 있었다.

'얘들은 머리 감을 때 린스도 쓰나 봐. 향기 죽이네.'

남자 학교에서는 가끔씩이나 맡을 수 있는 린스 향기.

비누 하나면 머리부터 발끝까지 모두 해결하는 남자 녀석들과 차원을 달리하는 여성이라 불리는 꽃사슴들.

그녀들의 몸에서 흘러나오는 샴푸 향기, 스킨 냄새, 연한 향수까지.

이곳이 천국이 아니면 어느 곳이 천국이겠는가.

드르륵.

그때 교실 뒷문이 열리는 소리가 들렸다.

"선배들, 좀 비켜주실래요?"

그리고 들려오는 익숙한 여인의 목소리.

"누구?"

"헉……"

"미, 미미……"

고개를 돌리던 꽃사슴들이 모두 굳어버렸다.

3학년 교실에 들어와 비켜달라고 말할 수 있는 존재.

'생각보다 늦게 찾아왔네.'

자금성에서 배터지게 요리를 맛보고 후식까지 다 챙겨 먹었다.

그리고 굳은 표정으로 서 있는 미미에게 손까지 흔들며 자금성을 나온 것이 나흘 전.

꼬장꼬장한 자존심에 월요일에 바로 찾아올 줄 알았건만 미미는 내 예상을 살짝 벗어난 행동을 보였다.

"미미 말이 말 같지 않나… 요!"

나에게 얻어터진 교훈 덕분인지 미미를 호위해 온 오공주 호박 덩어리들이 애써 경어를 사용했다.

"아, 알았어."

말이 떨어지기가 무섭게 후다닥 사방으로 도망치는 꽃사슴들.

"겁도 없이 2학년들이 3학년 교실에서 행패야? 너희들 정신교육이 또 필요한 거야?"

보호를 받아야 할 꽃사슴들 앞에서 살짝 성난 모습을 보였다.

움찔.

내 목소리와 눈길에 움찔 놀라며 시선을 피하는 다섯 호박들.

"찬우 선배… 이거 받아요."

자존심에 단단히 상처를 받았을 모용미미가 곱게 접혀진 쪽지 하나를 내밀었다.

'어라? 이건 또 뭐야.'

며칠 동안 제법 궁리를 한 것이 분명한 미미.

선배라 부르며 쪽지를 건넸다.

"지금 데이트 신청하는 거야?"

쪽지를 받으며 짓궂은 질문을 던졌다.

"네… 꼭 나오셔야 해요. 반드시……."

'진짜 데이트 신청?'

천하의 모용미미가 벌건 대낮에, 그것도 3학년 교실에 나타나 데이트 신청을 했다.

그러나 말과는 달리 반드시라는 말을 강조하는 미미의 눈에서 월하의 공동묘지에서 봄직한 한기가 흘러나오고 있었다.

'심장에 쌍칼 품었군.'

데이트 신청이 아니라 결투 신청이 예상되는 쪽지.

"하하. 알았어. 한번 생각해 볼게."

"…꼭 나오시기를 바라겠습니다. 남자라면……."

"뭐, 미미가 그렇게 말한다면야."

학교 짱이자 원주 고삐리계의 지존 급 미인이라 불리는 모용미미와 나의 대화.

반에 남아 있던 꽃사슴들과 남자 놈들이 입을 벌리고 경악스러운 표정을 지었다.

오고 가는 대화는 자존심을 굽히고 미미가 내게 데이트 신청하는 모양새였다.

"선배님들 죄송합니다."

놀람 속에서 호위 똘마니들인 오호박들과 달리 예의를 갖춰 죄송하다고 말하고 사라지는 모용미미.

사라져 가는 그녀의 뒤태 또한 예술이 아닐 수 없었다.

오늘 밤 10시에 비로봉 정상에서 만나자. 네가 남자라면 반드

시 나오기를 바란다!

역시나 예상대로 결투 신청 쪽지.
"차, 찬우야? 정말 미미가 데이트 신청한 거야?"
"흑흑, 찬우는 내가 찍었는데 어떡해!"
"쳇, 미미 그 계집애. 찬우 멋있는 것은 알아가지고……."
주변에 몰려온 꽃사슴들.
미미에게 나를 빼앗긴 줄 알고 한숨과 신경질을 부려댔다.

타다다닥.
"후우, 후우~"
하필이면 오후부터 내린 눈발에 눈이 제법 쌓인 산길.
태극선기공을 운용하며 산길을 내딛었지만 발걸음은 평상시보다 조심스러웠다.
하지만 다른 이들의 눈에 보인다면 거의 달려가는 수준으로 비로봉으로 향했다.
'9시 50분… 진짜 왔을까?'
다들 있는 핸드폰 하나 없는 나였기에 손목에 차고 있는 아버지로부터 받은 군용 시계의 초침을 보았다.
타다다닥.
어느새 도착한 비로봉 정상.

두 개의 돌탑이 인상적인 비로봉 정상 위로 눈발이 굵게 내리기 시작했다.

'어라? 정말 왔네.'

보였다.

정상 부근 두 개의 돌탑 중앙에 서 있는 한 존재.

눈 내리는 비로봉의 현재 기온은 못해도 영하 5도 이하.

그런데 파란색 도복을 착용하고 서 있는 한 여인의 모습은 나에게 도전장을 던진 모용미미의 모습.

'설하미인도가 따로 없네.'

눈 내리는 산 정상에 고요히 서 있는 모용미미의 모습은 그대로 한 폭의 미인도의 모습 그대로.

태극선기공으로 단약을 만든 뒤로 어둠 속에서도 제한을 받지 않는 내 눈은 모용미미의 완벽한 자태를 볼 수 있었다.

"흥! 그래도 남자라고 약속을 지켰군."

내가 나타남을 알고 고개를 돌려 한마디를 던지는 모용미미.

그런 그녀의 등 뒤로 삐죽이 보이는 정체 모를 물건.

'헐? 저, 저건 진짜 검?'

놀랍게도 모용미미의 등에 매달려 있는 물체는 검으로 추정되는 물건.

'미치겠네.'

치고받는 정다운 손길 속에 싹트는 따스한 정을 상상했건만, 이건 대놓고 포를 떠보자는 모용미미의 자세.

"하, 하하, 눈이 내리니 조금 춥네. 웬만하면 다음에 보면 안 될까?"

작전상 불리하면 후퇴하는 것도 전술의 한 방편.

"좋은 날씨지. 피가 뿌려져도 눈으로 덮어지고 내일쯤 정상인 이곳에 해가 뜨면 모두 녹아 핏물로 사라지면 증거가 남지 않겠지. 그리고 시체는 실족사로 처리해도 문제가 없고 말이야."

'헐······.'

어떻게 저런 귀여운 입에서 피와 실족사를 논할 수 있단 말인가.

"네놈의 사문을 밝혀라!"

'사문?'

"네놈이 목적없이 나와 우리 세가에 접근하지 않았을 터, 내 앞에서 모든 것을 명명백백히 밝혀라. 그렇지 않으면······."

창!

검이 빼어지며 울리는 날카로운 음향.

'꿀꺽. 자, 장난이 아니네.'

사문이니 세가니 하는 말을 꺼내며 단호한 모습을 보이는 모용미미.

잘못하면 오늘 이 밤, 눈 내리는 치악산에서 칼 맞고 낙상사로 위장되어 일생을 마감할 수 있다는 위기감이 들었다.

'그런데 사문은 뭐고 세가는 또 뭐야?'

모용미미와 살짝 다툼이 있었다는 것은 인정한다.

하지만 한밤에 불려 나와 칼침 맞을 정도는 아니었다.

"말을 못하는 것을 보니 역시나 그놈들과 연관이 있음이 분명하구나."

"무, 무슨 소리야, 그놈들이라니."

"이미 발뺌하기에는 늦었다. 수백 년 동안 내려온 세가의 원수들! 모조리 지옥으로 보내 버릴 것이야!"

'미치겠네. 내가 바라던 것은 이게 아니라고요!'

얼굴 예쁘고, 몸매도 착하고, 내공도 사용할 줄 아는 내 이상형에 가까운 모용미미와 오붓하게 비로봉 정상에 서서 하늘의 별과 시와 인생을 이야기하고 싶었건만, 갑자기 수백 년 세가의 원수로 지목된 위기의 순간.

'저녁밥 잘못 먹었나? 그것도 아니면 고삐리 여학생들의 공통 고민이라는 변비로 인한 스트레스?'

상식 밖의 일에 여러 가지 잡다한 생각이 들었다.

"탓!"

"으헐!"

답을 찾는 순간 짧은 기합과 함께 몸을 날려오는 모용미미.

그녀와의 거리는 7미터 정도.

좁은 정상이었기에 옆으로 피할 곳도 없는 위기의 순간.

'일단 살고 보자!'

이대로 칼침 맞고 죽을 수는 없는 법.

내공을 일으켜 선무도하도상의 방어 자세를 취했다.

쇄애애애애애액.

날카롭게 허공을 가르며 가슴과 다리를 노리며 짓쳐들어오는 두 자루의 검.

"합!"

기합을 불어넣으며 두 자루 검의 궤적을 따라 몸을 뒤로 빼며 손을 교묘하고 빠르게 움직였다.

타다다당!

파슥!

난생처음 경험해 보는 진검 대련.

특전사 아저씨들과 놀 때도, 도사 할배들에게 검을 배울 때도 이렇게 새파랗게 날 선 검으로 대련하며 놀지는 않았다.

하단을 공격하던 검면을 왼손으로 짧게 쳐서 튕겨내고 몸을 비틀어 숙이며 상단을 베어오는 검을 피했다.

그러나 워낙 빠른 속도에 살짝 도복 한쪽이 베어졌다.

'장난이 아니군.'

긴장감이 몰려왔다.

모용미미가 무슨 오해를 했는지는 몰라도 지금은 말로 풀 상황이 아니었다.

타다닷.

재빨리 뒷걸음질쳐 물러나며 자세를 고쳐 잡았다.

"역시 네놈은 원수들 중 하나인 전진파의 제자 놈이었구나!"

'전진파?'

관사에 사는 특전사 아저씨들이 쉬는 날이면 수북이 쌓아 놓고 읽던 무협 소설에서 등장하던 단어.

나 또한 가끔씩 특전사 아저씨들과 배 깔고 무협 소설을 읽었던지라 전진파라는 말을 알아들을 수 있었다.

"죽일 놈들, 본토에서 쫓겨나 세상을 방랑하며 살아가고 있거늘 끝을 보려 하다니… 지난번 일본 차이나타운에서 일어난 본 세가 일족의 참살도 네놈들 짓이 분명하구나!"

어째 들을수록 더 꼬여가는 상황.

여기서 해명을 해야 했다.

"난 전진파의 제자가 아니야. 그저 전도연 소속 할배들이 몸 건강하라고 가르쳐 줬을 뿐이야!"

"전, 전도연! 홍! 제 입으로 잘도 부는구나. 전진파 속가도인 제자들의 모임인 전도연 소속이라고 말이야!"

'…헐.'

할 말이 없었다.

전국 신선을 꿈꾸는 도사 연합회가 전진파 속가도인 제자 연합회로 둔갑할 수 있단 말인가.

"죽어라, 전진의 개!"

파앗!

'저, 저건!'

더 들어볼 것 없다는 생각이었는지 쌍칼을 날리며 한 마리 물 찬 제비처럼 날아오는 모용미미.

그런 그녀의 검에 깃든 파란 빛.

'거… 검기다!'

언젠가 장백검술을 가르쳐 주었던 현몽 할배가 보여줬던 새파란 빛에 비하면 약하였지만 충분히 검기라 불릴 정도의 기운이 담긴 검.

긴장감을 극대화로 끌어올리며 검을 바라보았다.

쇄쇄쇄쇄쇄액.

검이 변해 있었다.

단순한 공격 방법이 아닌 허공을 수놓으며 뿌려지는 수십 개 검의 그림자.

'환검.'

장백검술을 대성으로 수련하지 않았지만 기본 초식을 알

고 있기에 모용미미의 검술 특징을 알아챘다.

팟!

바로 뒤에는 돌탑과 낭떠러지.

더 이상 물러날 길이 없기에 앞으로 치고 나갔다.

'검의 그림자를 잡아야 한다.'

다행스럽게 짧은 순간이었지만 모용미미의 검술에서 몇 가지 허점이 보였다.

그녀 또한 나처럼 검술 수련을 제대로 하지 않았음이 확실하였다.

'지금!'

쌍검을 사용하는지라 두 자루 검이 부딪치지 않게 하다가 검로가 흐트러지는 것이 보였다.

검술은 부족하지만 선무도하도상의 공부를 상당히 수련한 내 눈에는 그 허점이 확실히 보였고, 즉시 손과 발, 몸이 움직였다.

파앙!

탁!

"악!"

현란하게 묘기를 부리듯 검기를 뿌리며 횡으로 베어오던 두 자루의 검.

선무도하도상의 보법을 밟으며 옆으로 급히 몸을 틀면서

모용미미의 오른쪽 옆으로 다가가 검의 하단 뒷면을 가격했다.

동시에 모용미미의 왼손을 짧게 후려치며 검의 손잡이를 빼앗았다.

타다닥.

"비, 비겁하게······."

어이가 상실하다 못해 가출할 지경이었다.

맨손밖에 없는 나를 쌍검으로 회를 뜨려던 것이 자신이었건만 비겁하다 소리치는 모용미미.

'우, 우는 거야?'

참으로 여러 경험을 하는 순간이었다.

TV에서 보는 것이 아닌 눈앞에서 직접 흘리는 여인의 맑은 눈물.

다행스럽게 모용미미의 전체적인 무공 실력이 나에게 한참 떨어져서 다행이었지, 그렇지 않으면 난 피눈물을 흘려야 했을 것이다.

"학생이 연장을 함부로 사용하면 안 되지."

손에 들린 검신이 얇은 검.

길이는 80센티 정도로 그리 길지 않았고, 손잡이부터 시작해서 검끝까지 날아갈 듯한 봉황 무늬가 새겨져 있는 모습이 돼지고기 수육을 썰 때 쓸 만해 보였다.

"나쁜 놈……."

아직 끝나지 않은 모용미미의 도전.

"전진파 제자가 아니라니까 그러네. 난 그저 인생 길고 굵게 살고 싶은 남자일 뿐이야. 미안하지만 네 세가의 적은 딴 곳에서 찾아봐."

'아직도 그런 싸움이 존재하는 거야?'

신기하다는 생각도 들었다.

21세기에 세가니 문파니, 원한이니 하는 단어들을 듣는다는 것이 생소하였다.

"이 검도 받아라. 그러면… 너를 믿어주겠다."

한 자루 남은 검을 들고 일도양단의 자세를 취하는 모용미미.

"믿고 안 믿고는 네 자유다. 다만 패배하면 내 앞에서 다시는 검을 비롯한 일체의 폭력행위를 금하도록."

이번 기회에 날카로운 가시를 확 뽑아버릴 참.

"조, 좋다. 내가 패배하면 네 마음대로 해도 좋다!"

'우후~! 땡잡았네!'

생각보다 화끈한 성격을 소유한 모용미미.

반드시 승리하리라 다짐하였다.

'그리고… 호호호.'

드디어 지워 버릴 수 있는 모태솔로의 저주.

검을 손에 잡아갔다.

우르르르릉.

'눈도 오는데 벼락도 쳐? 날씨가 미쳤구만.'

갑자기 머리 위에서 울리는 우르릉거리는 경고음.

빨리 말도 안 되는 상황을 정리하고 싶어졌다.

사락, 사라라락.

그사이에도 수북이 어깨와 사방에 쌓이는 눈.

파스스스스.

'오오오! 나에게도 검기가!'

혹시나 해서 검에 불어넣어 본 내공.

검에서 푸른 광채가 서서히 피어오르고 있었다.

"간다!"

가문의 원수가 아니라는 것을 알아챈 듯 생사가 걸린 대결이 아닌 승부를 보고 싶어하는 무도인의 자세로 바뀐 모용미미의 모습.

간다는 말과 함께 검을 날려왔다.

'나도 간다!'

한 번쯤 펼쳐 보고 싶었던 장백검술상의 공부.

모용미미의 검에서 아지랑이같이 흘러나오는 검기가 태극의 문양을 환상처럼 만들어내었고, 그 안으로 내 검이 뛰어들었다.

위엄 찬 백두대간 산맥의 기운을 닮은 장백검술의 중후한 기운.

실전에서는 처음이었건만 선무도하도와 일맥상통한 공부법 때문인지 그리 어렵지 않게 펼쳐졌다.

까가가가가가가가가강!

그리고 현란하게 허공에서 부딪치는 두 자루 검.

까아아아아앙!

순식간에 수십 번의 불똥이 튀었고, 이내 두 검은 맞대어 교차되어 버렸다.

"하아하아……."

내공이 벅찬 듯 검이 부딪치자 거칠게 숨을 뱉어내는 모용미미.

'크으, 입 냄새조차 어찌 이리 달콤하단 말이냐.'

어쩔 수 없는 상황이었기에 그녀와 얼굴을 정면으로 맞대었다.

그리고 그 거리는 불과 50센티 정도.

"이제 그만 하시지. 내가 전진파 제자가 아니라는 것을 알고 있잖아."

"……."

씨익 미소를 던지며 모용미미에게 휴전을 제안했다.

우르르르르르릉, 우르르르르르릉.

그때 머리 위에서 들려오는 격한 구름들의 방구 소리.

'조금만 참아들 주십쇼!'

고개를 들어 뭔가를 토해낼 것 같은 하늘을 살짝 바라보았다.

"……!!!"

번쩍!

그리고 그 순간 갑자기 하늘이 순식간에 파래지며 머리 위로 작렬하는 그 무엇을 보았다.

아니, 보았다고 생각하는 그 순간.

파지지지지지지지지지지지직!

수십 톤짜리 쇠망치로 두들겨 맞은 것처럼 온몸에 전해지는 짜릿한 충격파.

"아아아아악!"

모용미미의 아련한 비명 소리.

"크아아아아아아아악!"

목청을 찢고 세상을 향해 토해지는 우렁찬 나의 비명.

파지지지지지지지지지지지직.

맞대어진 검에서 이는 강렬한 전격 스파크.

눈을 감았건만 온몸으로 감지되어 생생히 느껴지는 그 무엇.

휘리리리리리리리리리리리링.

엄청난 고통 속에서 갑자기 가슴 부근에서 느껴지는 상쾌하고 거대한 기운의 느낌.

 버어어어어어어어언쩍!

 온몸이 붕 뜬 것 같은 느낌이 들었다.

 "……."

 그리고 이내 밀려오는 짙은 암흑세계.

 '시파, 아직… 모태솔로의 저주를 풀지 못했는데…….'

 총각귀신보다 더 불쌍하다는 모태솔로 귀신.

 의식의 끝자리에서 나는 하늘을 원망하면서 기원하였다.

 다음 생에는 부디 삼처 오첩을 거느릴 수 있는 아프리카 추장 아들로 태어나게 해달라고…….

Chapter 07
마족 미소녀 세를리아

마계
대공
연대기

"…위드라스마 아드… 리카……."
윙윙거리는 머릿속에 울리는 요상한 단어들.
톡톡.
그리고 무언가 배를 톡톡 건드리는 자극.
"크윽……."
머리가 깨질 듯이 아팠다.
 모용미미의 검을 빼앗아 승부를 결판 짓고 항복 선언을 받으려는 그 순간, 갑자기 후려친 벼락.
 뿌옇게 비어 있던 머리에 하나둘 영상이 살아나기 시작

했다.

'여, 여기는 어디야?'

아직 눈이 떠지지는 않았다.

무언가 강렬한 광채가 눈가에 아른거렸고, 두통이 계속 일어났기에 정신을 차리는 것이 급선무.

"루스베르하 게르……."

그 순간에도 쉬지 않고 들려오는 말소리.

무언가 나에게 말을 시키고 있는 것이 분명했다.

'병원은 아닌 것 같은데…….'

누가 있어 한밤중 눈 내리는 산 정상에서 벼락 맞은 나와 모용미미를 발견할 수 있겠는가.

그러나 서서히 돌아오는 정신과 육체의 감각은 매우 생생했다.

마치 살아 있는 것처럼.

'응!'

벼락을 맞고 정신줄을 놓는 순간 삶을 포기했다.

그런데 묵직한 몸과 두통은 내가 살아 있음을 증명하였다.

번쩍.

나도 모르게 눈이 떠졌다.

"크읏……."

눈동자에 쏟아져 들어오는 밝은 광채.

눈을 감고 천천히 실눈을 뜨며 사방을 살피기 시작했다.

'……?'

어렴풋이 보이는 눈동자의 초점에 잡히는 한 물체.

'여, 여자?'

기다란 검은색 머리칼과 매치가 안 되는 이목구비가 뚜렷한 서양 미인.

한 번도 만난 적 없는 여인의 모습에 흐리멍덩하던 정신이 번쩍 깨어났다.

"루파도니… 게르케르하르……."

난생처음 들어보는 언어로 무언가를 물으며 인상을 찌푸리고 있는 여인.

"누, 누구세요?"

영어도 아니고 불어도 아니고 당최 알아들을 수 없는 여인의 물음에 튀어나온 단어는 누구냐는 질문.

'여기가 도대체 어디야?'

특전사에서 교육받은 대로 상황 파악에 들어갔다.

'헐……'

난생처음 보는 구조물.

넓이는 교실의 서너 배는 될 법한 방 구조의 공간.

벽으로 짐작되는 곳에는 알 수 없는 도형과 숫자들이 빼곡하게 회색빛으로 장식되어 있었고, 천장에는 빛을 뿜어내는 주먹만 한 돌멩이들 십여 개가 박혀 있었다.
 '저 여자는 또 뭐야?'
 혼돈의 와중에도 순식간에 발휘되는 품평 스킬.
 나이는 이제 17세 정도, 키는 170 정도 되고 기다란 검은 머리칼에 깃이 세워진 벨벳 재질의 롱코트를 걸치고 있는 소녀.
 '투 플러스……'
 모용미미와 쌍벽을 이루는 미모.
 햇빛을 한 번도 본 적 없는 새하얀 피부, 조용하게 가라앉은 검푸른 눈동자와 어울리며 아파 보였다.
 남자의 보호 본능을 자극하는 묘한 매력이 있었다.
 '저, 저 검은!'
 이름도 모르는 미모의 소녀 손에 들려 있는 모용미미에게서 빼앗은 봉황 무늬 검.
 누워서 시선을 돌리다 벌떡 상체를 일으켰다.
 지금 벌어지고 있는 모든 일들이 꿈이나 사망 후에 벌어진 일이 아님이 확실했다.
 팟!
 그 순간 눈앞에 등장하는 새파란 검신.
 "꿀꺽……"
 나에게 경고를 알리는 유럽산 투 플러스 급 미모의 소녀.

표정에서 뭐가 언짢은 기색이 역력히 보였다.

'빌어먹을… 이게 지금 무슨 상황인 것이야?'

벼락 맞고 깨어보니 난생처음 보는 장소.

거기에 수틀리면 가차없이 내 목에 구멍을 낼 것 같은 고민에 빠진 소녀의 모습.

'지금 필요한 것은 생존정신! 정신을 차리자, 강찬우.'

생존정신이라는 거창한 말로 포장됐지만 다른 말로 바꾸면 눈깔 튀어나오도록 눈치작전을 펼쳐야 한다는 것.

얼마 안 되는 정보로 이 사태를 파악해 갔다.

'벼락을 맞아 전기 통닭구이 되기 전에 가슴에서 시원함과 함께 엄청난 기운이 소용돌이쳤단 말이야. 그리고 깨어나니 전혀 알 수 없는 이곳이었고 저 소녀가 지금 내 목숨줄을 쥐고 있다는 말인데… 정말 날 죽이지는 않겠지?'

믿고 싶지 않아 살짝 소녀의 얼굴을 보았다.

'으으으, 죽이고도 남겠군.'

전체적으로 싸늘한 기운이 감도는 소녀, 핏기없는 창백한 모습은 속을 짐작하기 힘들다는 점을 말해주고 있었다.

'그런데 바닥의 이 빛은 뭐야?'

정체 모를 공간.

내가 방금 전까지 누워 있던 바닥 또한 수상하기 그지없었다.

지름 2미터 정도의 둥그런 원형에 수백 가지 도형들과 숫자로 보이는 규칙적인 문자와 요상한 글자들이 박혀 있었다.

더욱이 전기라도 꽂혀 있는 듯 여러 빛을 번갈아 뿜어내었다.

'서… 설마 마법진? 에이, 말도 안 돼.'

무협 소설을 즐겨 읽던 나였지만 게임을 즐겨 하는 아이들과 인터넷에서 가끔 볼 수 있는 마법진 정도는 알고 있었다.

하지만 그건 그냥 판타지 소설이나 게임에서 나오는 내용이 아니던가.

"데스페르아… 테트……."

그때 갑자기 귀에 들려오는 정체 모를 단어.

파앗!

동시에 팟 하고 무언가 내 정면에서 빛을 뿜어내었다.

질끈 눈을 감았다.

순간적으로 태극선기공을 움직여 보았지만 전혀 반응하지 않는 단전의 기운.

안타깝고 속상한 일이지만 지금은 시장통 닭장 속의 기름에 튀겨 죽을 순번을 기다리는 수탉 신세.

[넌 누구냐?]

'오잉?'

갑자기 머릿속에서 울리는 넌 누구냐는 물음.

'입도 안 열렸는데 어떻게······.'

[정신 통역 마법이다.]

'헐··· 이 무슨 조화란 말이냐. 설마 귀신!'

머리에 생각만 했건만 모든 것을 알아채는 소녀.

[귀신? 그건 뭐 하는 물건이냐?]

"······."

생각을 읽어낼 수 있는 소녀의 물음.

내 생각이 끝나는 순간 소녀의 질문이 연달아 머리에서 울렸다.

마치 내 머릿속에서 누가 마이크를 잡고 말하는 것처럼 말이다.

[인간이냐? 아니면 환수냐? 분명 소환 대상은 환수였는데··· 머리 색깔은 최상급 일족 같기도 하고······.]

고민에 찬 소녀의 물음에 머릿속이 혼란에 빠졌다.

'환수? 최상급 일족?'

모두 다 나에게는 생소한 세계 이야기.

우주비행선이 달나라 토끼를 추방하고, 유전공학으로 신의 영역까지 도달한 21세기 어느 곳에도 사용되지 않는 언어들이었다.

'술법사인가? 그것도 아니면 누구······.'

도사 할배들 중에서도 기문둔갑 같은 술법을 연구하는 이도 있다 들었다.

그런 할배들의 제자일 수도 있는 소녀.

[술법사라니! 위대한 마신 카르베트야님의 대리자인 마계 최상위 마족 세클리아 포이든 베르슈테트 아크라이슈 제로니안 로히비트 타유슈트아에게 하찮은 술법사라니!]

술법사라는 생각에 벌컥 화를 내며 눈을 동그랗게 뜨는 소녀.

파스스스스스.

그녀의 몸에서 알 수 없는 묵직한 기운이 풍겨 나와 공간을 지배해 갔다.

"커억……."

기세만으로 숨을 쉬지 못하게 할 정도로 강력한 기운.

[다시 한 번만 그딴 생각을 한다면…….]

화르르르르르.

머리에서 울리는 경고와 함께 갑자기 내 머리통 위에 등장하는 지름 1미터짜리 불덩이 공.

"허윽……."

보고도 믿지 못할 광경.

그리고 머리에 스치는 생각 하나.

'여, 여기가 마계라굽쇼!!!'

머리통을 울리는 수많은 종소리.

벼락 맞고 도착한 마계라는 곳.

세상이 다시 캄캄한 암흑천지로 변하는 순간이었다.

[그런데 이 검은 어디서 났느냐? 재수없는 천족 놈들의 기운이 담겨 있다니… 혹시 네놈은 천족이더냐?]

암흑 속에서 울리는 소녀의 차가운 추궁과 천족의 첩자라는 추궁.

무조건 눈앞의 세를리아 뭐시기라는 길고 긴 이름을 간직한 마족 소녀에게 잘 보여야 한다는 본능적인 판단.

이곳이 마계인지 아니면 영화 세트장인지 알 수 없지만 생존 의지는 극도로 발휘되었다.

남들보다 더 굵고 길게 폼나게 살고 싶은 나의 인생.

쓸데없는 자존심이나 의문 따위를 내세울 시간이 없었다.

'제 생긴 것 어디를 봐서 천족 놈들과 닮았겠습니까. 전 강찬우라 불리는 인간 중에서도 가장 평범한 인간일 뿐입니다. 하하하.'

머릿속에 만들어지는 나의 살기 위한 의지의 단어들.

웃는 얼굴에 침 못 뱉는다는 격언에 따라 사람 좋은 웃음을 생각으로 그려냈다.

[인간이었군……. 쳇, 소환수로 귀여운 환수를 소환하려 했는데… 쓸모도 없는 인간 따위가 걸려들다니.]

순간 갈등하는 세를리아라는 소녀.

[하급 마족들 말로는 인간의 피가 달콤하다는데 한 번 마셔볼까?]

그리고 연결되는 마족 소녀의 살벌한 생각.

"……!!!"

드라큘라도 아니고 인간의 피가 어찌 달콤한 사과 주스와 같이 취급을 받을 수 있단 말인가.

자칫 위험한 순간.

'안 마시는 게 좋을 것입니다. 이번에 인간들 사이에 전세계적으로 유행한 신종플루 백신도 맞지 않아 제 피를 마시는 순간 치사율이 상당한 독감에 감염될 수 있습니다. 그리고 아버지가 바쁘신 덕분에 장티푸스, 홍역, 소아마비, 풍진, 뇌수막염 등등 필수 예방 접종 상당수를 맞지 않았습니다. 거기에다가 요즘 아침마다 마른기침이 나오고 소변 색깔도 탁한 빛으로 안 좋고 눈동자도 누리끼리한 것으로 보아 만성결핵과 급성 A형 이중 감염이 의심됩니다. 결정적으로 제 피는 저주에 걸려 있습니다. 먹는 순간 죽는 순간까지 모태솔로의 저주에 걸릴 수도 있습니다.'

머릿속에서 휙휙 튀어나오는 온갖 안 좋은 병들.

정신 통역 마법으로 생각을 읽을 수 있는 세를리아라는 마족 소녀의 눈동자가 살짝 찌푸려졌다.

알아들을 수 없는 말이지만 부정의 뉘앙스가 강한 말들과 저주라는 말이 심히 거슬리는 것이 분명했다.

[그럼 어쩐다…….]

내 처분을 놓고 고민에 빠진 것이 분명한 세를리아 최상위 마족 소녀.

위기 속에 찾아온 기회.

'어쩌기는요. 아무 곳에도 사용 못할 물건인 저를 처음 소환했던 곳으로 살포시 돌려놓으시면, 매년 이맘때마다 위대한 최상위 마족이신 세를리아… 님을 위하여 성대한 감사의 제를 올려 드리겠습니다. 그러니 불쌍한 인간 하나 구제한다는 넓은 아량으로 돌려보내 주시면…….'

[안 돼.]

말이 끝나지도 않았건만 강력하게 '안 돼'를 외치는 마족 소녀.

[네가 소환된 차원의 좌표를 몰라. 그리고 내가 왜 그런 수고를 해야 하지? 하찮은 인간 때문에 마력을 소모할 필요는 없잖아. 그냥 소멸시키면 그만인 것을…….]

떠억.

입이 험하게 벌어졌다.

아무리 마족이라지만 저렇게 뻔뻔하고 당당할 수 있단 말인가.

다른 것도 아니고 잘못 물건(?)이 배달되었으니 마법 택배로 재반송해 달라는 소비자, 아니, 소환자의 아주 조그만 소망.

그런데 마족 소녀는 태연하게 귀찮은 표정을 지으며 소멸이라는 말을 꺼내었다.

"흑흑… 부처님! 하느님! 알라신! 조상님들! 앞으로 착하게 살 테니 이번 한 번만 살려주세요!"

생각 대신 입으로 튀어나온 여러 신들과 조상의 명호들.

[그런데 인간들이 다 너처럼 생겼어? 남자 마족들에 비해서 키가 좀 작지만 얼굴은 봐줄 만하네…….]

눈물이 앞을 가리는 와중에도 머리통에 번쩍 들어오는 마족 소녀 세를리아의 호기심 어린 목소리.

이 소녀가 진짜 그 성격 까칠하고 피 튀기는 전투를 좋아하는 마족이라면 어떻게 해서든 살아남아야 했다.

자칫 잘못했다가는 소멸될 수 있는 위기의 순간.

거짓말처럼 입이 열리기 시작했다.

'소환하시려는 소환수 대신 한 번 키워보시겠습니까? 제가 좀 연약한 인간의 몸을 소유하고 있지만 다년간의 훈련을 통하여 청소, 빨래, 사냥, 집 지키기, 혼자 놀기 등등 열거할 수 없는 수많은 잡다한 재능을 보유하고 있습니다. 거기에다가 최소 재료 투자 최대 만족이라는 경제적 이상을 추구하는 자취생이 알아야 할 요리 100선뿐만 아니라 한식, 중화요리, 서

양 요리까지 못하는 음식이 없습니다. 한 번만 선택해 주시면 위대하신 최고위 마족 세를리아님의 소환수로서 최선을 다해 열심 노력 봉사하겠습니다!'

선거철도 아니건만 마족 세를리아에게 생사의 한 표 선택받기 위하여 지금까지 습득한 여러 가지 생존 스킬들을 공개하였다.

[요리도 할 줄 알아?]

요리라는 말에 호기심을 보이는 세를리아.

'물론입니다! 맛없으면 제 통통한 허벅지 살로 탕수육을 만들어 드리겠습니다!'

[흐음… 요리할 줄 아는 인간 소환수라…….]

두둥, 두둥, 두둥.

로또 복권 숫자 마지막을 남겨놓은 예비 당첨자의 마음이 이러할 것인가.

생존하기 위하여 마족 소녀의 성은을 입어야 하는 이 순간.

심장이 미칠 듯이 뛰었다.

[좋아. 한번 길러보지.]

'감사! 또 감사합니다! 세를리아님을 절대 실망시켜 드리지 않는 강찬우, 아니, 소환수가 되겠습니다! 단결~!!!'

아버지에게도 붙여본 적 없는 절절함이 배어 나오는 단결이라는 구호.

그런 나를 향해 처음으로 입꼬리 살짝 올라가는 미소를 짓는 천진난만 보호 본능 자극 마족 미소녀 세를리아.

'휴우······.'

길게 한숨이 흘러나왔다.

어디서 일이 꼬였는지는 몰라도 일단 목숨을 구해낸 이 순간.

최선을 다해 마계로 짐작되는 이곳에서 살아남으리라 다짐했다.

Chapter 08

카르얀

마계
대공
연대기

"이게… 뭡니까. 하아……."

오른손에 두툼하게 매달린 검은 팔찌를 보면서 길게 한숨이 나왔다.

어쩌다가 세상 무서울 것 없는 천하의 강찬우가 소환수 1호라는 말도 안 되는 이름으로 창씨개명을 하고, 그것도 모자라 손목에는 소환수를 상징하는 소환증표 팔찌가 매달려 있었다.

사람 하나 망가지는 건 일도 아니었다.

대한민국에서는 두려움없는 인간이었건만 마계라 불리는 이곳에서는 주인 꼬리표 달린 치와와 신세.

"일단 정보 파악이 우선이다."

위급한 상황을 면했지만 이제부터가 더 중요했다.

언제 변심할지 모르는 마족 미소녀 세를리아 포이든 베르슈테트 아크라이슈 제로니안 로히비트 타유슈트아.

내 손에 친절하게 쇠로 만든 팔찌 모양의 증표를 달아주며 자기 이름을 외우라 했다.

만약 못 외우면… 단서를 달며 차가운 미소를 흘리던 그 모습.

핏기없는 창백한 얼굴과 너무나 잘 어울리는 협박.

길고 긴 이름을 안 외우려야 안 외울 수가 없었다.

"마족들도 할 건 다 하고 사나 보네."

세를리아라는 마족 소녀가 몇 살인지는 몰라도 아직 철모르는 소녀임은 분명했다.

자신의 소환수로 나를 선택했음이 만족스러웠는지 나를 방이라는 곳에 넣어주었다.

물론 밖으로 나갈 수는 없었다.

뭘 어떻게 했는지 교실만 한 방 안의 문은 단단히 잠겨 있었다.

그런 애견 취급받으며 얻게 된 방 안.

창문도 없었고 명화나 그런 장식품도 없었다.

온통 돌로 만든 방 구조.

침대로 추정되는 물건과 붉은빛의 탁자와 의자 두 개가 전부였지만 어느 정도 인간의 생활 방식을 하고 사는 것 같았다.

'썩을, 화장실도 없네.'

마족들은 응가도 하지 않는 듯 방 안에 화장실이 없었다.

"일단 그 마족 소녀에게 잘 보여야 기회를 엿볼 수 있을 것이니 최선을 다해 봉사해 주자. 그리고 언어부터 습득하고… 태극선기공으로 비장의 한 수를 준비해야 한다."

다행스럽게 태극선기공으로 쌓은 내공은 사라지지 않았다.

나를 소환했던 마법진이라 불리는 돌판 위에서 내려오자 내공이 발현되었다.

그러나 감히 세를리아에게 덤비거나 대항하지 못했다.

나를 위협할 때 보였던 강력한 기운.

그것은 우리 증조할배도 길바닥 껌으로 여길 수 있을 만큼 대단한 경지였다.

'모용미미는 어디로 간 걸까?'

이곳까지 오는 와중에 살며시 나 말고 소환된 인간은 없냐고 묻자, 그게 무슨 말이냐는 표정으로 묻던 세를리아.

나와 같이 소환된 것이 아님이 분명했다.

'죽지는 않았겠지.'

미인박명이라지만 요즘은 성형미인이 많아 천하의 저승사자들도 함부로 미인들을 구별하지 못할 것이기에 죽지 않았을 것이라 애써 위안 삼았다.

"일단 내공부터 안정시켜야겠군."

나와 모용미미를 후려친 벼락과 소환 마법진, 그리고 아버지가 주신 목걸이가 연관있음을 알 수 있었다.

하지만 마법에 대한 지식이 전무하였기에 내 몸부터 정상적으로 만들기로 마음먹었다.

"후우……."

가부좌를 틀고 길게 숨을 들이켰다.

그리고 마계라는 곳의 기운을 태극선기공을 통하여 흡수하며 단전 안의 기운들과 동화시켜 갔다.

'헐!'

태극선기공을 운용하는 순간 갑자기 엄청난 기세로 혈도를 따라 흡입되는 기운들.

스스스스스스스스.

지구에서 흡입했던 기운들보다 훨씬 묵직하고 농밀한 자연지기.

순식간에 단전 안의 기운들과 혼합된 마계의 기운들은 전신 세맥까지 쭉쭉 퍼져 나가기 시작했다.

'이 정도의 순수하고 농밀한 기운이라니…….'

과거 지구도 이렇게 순수하고 농밀한 자연지기가 존재할 때가 있었다고 증조할배는 말했었다.

옛 선인들이 물질은 부족할지언정 도력은 21세기와 비교할 수 없을 정도로 높았던 이유가 다 자연지기 때문이라 하셨다.

'다행이다. 이 속도라면 빠른 시간 안에 내공을 쌓을 수 있을 것이다.'

하단전에 내공을 쌓고 있지만 태극선기공의 공능으로 상단전을 비롯한 모든 세맥들이 뚫려 있는 상태.

'응? 그런데 이 기운은 뭐지?'

더욱이 정체 모를 기운이 하단전에 섞여 있는 것이 느껴졌다.

정확히 파악할 수는 없지만 양강의 기운을 품고 있는 기운.

짜릿짜릿한 기운이 자연스럽게 내공에 녹아 있었다.

'호, 혹시 벼락?'

지금 생각해도 아찔하기만 한 벼락 맞을 때의 그 짜릿함.

하단전뿐만 아니라 운기를 하는 순간 전신 세맥에서 벼락양강지력으로 생각되는 기운들이 흘러나와 합쳐지기 시작했다.

다행스럽게 내공과 자연스럽게 녹아 있는 듯 짜릿함 말고는 아무런 해가 느껴지지 않는 양강지력.

내 실력으로는 정확한 정체를 파악할 수 없기에 운기에 몰두해 갔다.

"휴우……."

그렇게 얼마를 호흡했을까.

하단전이 포화 상태에 이를 정도로 맛 좋은 기운을 축적하며 운기를 마쳤다.

"좋았어!"

운기 전과 확실하게 달라진 몸의 상태.

하단전은 가득한 내공으로 출렁거렸고, 세맥으로 흘러들어 스며들어 가 축적되는 내기도 장난이 아니었다.

조금만 더 노력하면 단시간에 엄청난 성과를 이뤄낼 수 있을 것 같았다.

덜컹.

그때 갑자기 문이 예고도 없이 열렸다.

그리고 안으로 들어서는 세를리아.

'젠장… 엄청 이쁘군.'

이 와중에도 예쁜 것이 눈에 들어왔다.

모용미미의 통통 튀는 발랄한 미모와 달리 보호 본능을 한없이 일으키는 세를리아의 외모.

거기에 아직 소녀로 인식될 만큼 연약해 보이는 몸매.

새하얀 뺨과 깊숙이 가라앉은 눈동자는 피부와 묘하게 어울리며 내 심장을 울렸다.

"어서 오십시오, 위대하신 세클리아 포이든 베르슈테트 아크라이슈 제로니안 로히비트 타유슈트아님."

내 말을 알아듣건 못 알아듣건 상관없이 고개를 꽉 수그리며 세클리아의 풀네임을 읊었다.

"데스페르아… 테트……."

그 순간 정신 통역 마법을 펼칠 때 사용하던 영창어가 들렸다.

[귀찮게 통역 마법 따위를 펼쳐야 하다니……]

아직 철부지 소녀 같은 세클리아의 마음 변화.

그녀의 생각 변화에 피가 마르는 느낌이었다.

'혹시 마법 중에 언어 전이 마법 같은 것은 없습니까?'

마음 급한 건 세클리아가 아닌 나.

조심스럽게 언어 전이 마법이라는 것을 생각해 내었다.

"흥!"

전이 마법이라는 말에 홍 소리를 내며 나를 살기 어린 시선으로 보는 마족 세클리아.

생각이라는 것을 할 수 없었다.

한마디만 더 꺼내면 아작날 분위기.

그저 잘 빌려다 놓은 박제 인형처럼 처분을 기다려야 했다.

[네 이름을 정했다.]

'네? 이, 이름을요…….'

[아무리 생각해도 소환수로 키우려면 이름이 있어야 할 것 같다. 그래서 주인의 권한으로 소환수 1호인 너에게 이름을 하사하겠다.]

무슨 대단한 벼슬을 내려주는 듯 의기양양한 세를리아.

[카르얀. 네 이름의 첫 시작은 이제부터 카르얀이다.]

'카르얀……'

생각보다 괜찮은 이름이었다.

강찬우와 비견될 정도로 이름에서 힘이 느껴졌다.

'감사합니다, 주인님.'

거금 3만 원을 주고 동네 작명소에서 아버지가 지어주신 강찬우라는 이름.

생명의 위급함으로 창씨개명을 당했지만 불만은 없었다.

생각보다 듣기 좋은 카르얀이라는 이름.

마계에 왔으니 마계 법을 따라야 했다.

어디로 튈지 모를 마족 세를리아의 마음.

그녀로부터 나의 만수무강을 지키기 위해서는 겉으로 절대 복종이 코팅되어 나타나야 했다.

[따라와.]

'휴우.'

따라오라는 말을 남기고 문을 열고 사라지는 세를리아.

일단 오늘 내 피를 빨아 먹을 것 같지 않았기에 한숨을 쉬며 그녀의 뒤를 살금살금 조심스럽게 따라갔다.

저벅저벅.

'헐, 여기는……'

지금껏 내가 있던 곳이 지하였음이 확인되는 순간.

보였다.

마계라 세를리아가 밝혔지만 다 믿을 수는 없었다.

그러나 세를리아의 뒤를 따라 회색빛 돌로 만든 복도를 걷다 보니 서서히 보이는 바깥의 풍경.

'서, 성이다!'

영화와 인터넷으로만 보던 성의 모습.

엄청났다.

지하를 막고 있던 돌문이 자동 출입문처럼 열리고 눈부신 햇살이 내리쬐는 바깥.

검은 대리석으로 보이는 윤기나는 거대한 돌들이 아치형의 구조물과 거대한 돌기둥들을 이루고 있는 내성으로 보이는 곳.

딱 중세 시대에 건설되었다는 성의 모습이었다.

그리고 나는 기둥들이 수백 개는 줄 지어 서 있는 길고 넓은 회랑을 마주했다.

[촌스럽기는…….]

정신 통역 마법 덕분에 내 생각을 다 읽을 수 있는 세를리아.

입을 떡하니 벌리고 있는 나를 향해 촌스럽다는 말로 해석되는 단어를 뱉었다.

'마, 마족?'

원래 촌놈이었으니 싹 무시하고 정보를 파악하기 바쁜 눈동자.

규모를 짐작할 수 없는 엄청난 성 내부 모습을 차곡차곡 머리에 담았다.

그리고 내 눈에 보이는 인간형의 물체들.

[경비병들인 중급 마족들이야.]

마족일까 하는 내 의문에 답하는 의외로 친절함을 보이는 세를리아.

세를리아의 검은색 망토와 다른 푸른색 망토를 두른 마족들 수십여 명이 성 곳곳에 석상처럼 서 있었다.

'체격 죽이네.'

허리춤에 두툼하고 거대한 검을 차고 있는, 한눈에 봐도 2미터 정도 되어 보이는 떡대들.

보디가드로는 아주 그만이었다.

[죽이네? 저들을 죽이고 싶어? 아니면 죽고 싶다는 뜻이야?]

부부 일심동체도 아니건만 내 생각을 다 읽어내는 세를리아.

죽인다는 표현의 정확한 의미를 모르고 있었다.

[그리고 그 복장은 뭐야? 인간들은 그렇게 입고 사는 거야?]

내가 걸치고 있는 아무 문양 없는 두꺼운 하얀색 겨울 도복.

호기심 반짝이는 눈동자로 나를 보고 있었다.

'수련할 때 입는 복장입니다.'

[수련?]

'네, 인간 세상은 위험한 곳이라 생명의 위협에 대비해서 평소 수련을 했습니다.'

[아하, 그래서 몸 안에 그런 라우스 꼬리만 한 마력이 있었군.]

'……'

라우스가 뭔지는 몰랐지만 말투로 보아 쥐와 비슷한 동물이 분명했다.

천하에 두려울 것 없는 강찬우가 쥐꼬리만 한 마력이라는 것을 소유한 존재로 전락해 버렸다.

[성안에서 누가 너를 건들지는 않을 것이야. 내 소환수 표식을 다들 알아볼 테니까.]

개목걸이 인식표 같은 손의 검은 팔찌.

이걸 고마워해야 할지 울어야 할지 고민스러운 순간이었다.
"페루카!"
갑자기 회랑에 울리는 힘찬 외침.
마족 소녀 세를리아에게 올리는 군례가 분명한 모습.
하지만 도도한 소녀는 고개 하나 끄덕이지 않고 걸음을 옮겼다.
'으으……'
판타지 소설에 등장하는 마족들이 대부분 드래곤과 맞짱 뜨는 엄청난 존재들.
그런 마족들 앞에서 당당한 병약 미소녀 세를리아의 모습에 기가 질렸다.
그 와중에도 내 눈은 사방을 샅샅이 살폈다.
엄청난 규모를 자랑하는 성 내부 저택의 모습.
검은 대리석 기둥에 조각된 수천, 수만 명의 마족과 정체 모를 괴수들의 전투 장면까지 기억해 두었다.
당분간 살아가야 할 곳.
어느 하나 중요하지 않은 것이 없었다.

철퍼덕.
사람에 대한 공경 의식을 나름대로 많이 알았다.
그리고 지금 눈앞에 보이는 최고의 예를 보이는 장면도 물론 보았다.

그것은 바로 황제를 만난 빽 없고 가난한 백성들의 모습.

무릎을 꿇는 것도 모자라 머리를 바닥에 사정없이 박아버리는 일단의 마족 무리들.

망토도 착용하지 않고 있었다.

무슨 재질로 만든 것인지는 몰라도 녹색 계열의 평범하고 편안한 로브 형식의 중세 복장을 입고 있는 마족들.

컬러풀한 머리칼을 소유한 백여 명의 마족들이 성 내부의 홀 같은 곳에서 대기하고 있었다.

"내 소환수에게 달이 바뀌는 날까지 마계어를 모두 가르쳐 놓도록. 만약 불이행 시는 모두 소멸시킬 것이다."

정신 통역 마법이 가동되기에 세를리아의 뱉는 말을 알아들을 수 있었다.

"……."

소멸이 무슨 동네 분식집 만만한 오뎅도 아니고 툭하면 소멸시키겠다는 협박을 일삼는 세를리아.

"쿠라베트하 카르티나……."

그 말에 쿵 하고 머리를 찍는 마족들.

무조건 복종의 자세를 취하는 그들의 모습에서 마계의 한 단면을 볼 수 있었다.

이곳은 상식과 법이 통하는 곳이 아니었다.

그리고 세를리아는 예쁘게 생긴 것과 다르게 완전 깡패였다.

[잘 배워라. 만약… 다음에도 나에게 하찮은 마법을 사용하게 만든다면… 널 마수굴에 던져 버릴 것이다.]

조용하면서도 감정없는, 그것도 나를 개뼈다귀 취급하는 마족 소녀 세를리아.

'걱정 마십시오! 반드시 마계어를 완전 정복해 놓겠습니다!'

사느냐 죽느냐 하는 판에 못 배울 게 없었다.

씨익.

내 말에 입꼬리를 살짝 틀어 올리며 웃는 마족 소녀.

완전 죽음이었다.

눈 내리는 날 피어버린 설매화만큼 차가운 미소와 향기를 가진 세를리아.

그 싸늘한 미소가 내 영혼을 울렸다.

사라락.

언제 미소를 지었느냐는 듯 검은 망토를 살짝 나풀거리며 등을 돌려 사라지는 세를리아.

[후훗, 웃기는 소환수야……. 앞으로 심심하지 않겠어.]

머리에서 마법이라 불리는 기운이 사라지기 직전에 울리는 세를리아의 속마음.

파앗!

그걸 끝으로 정신 통역 마법이 끝이 났다.

'우, 웃기는 소환수… 앞으로 심심하지 않겠다고? 크으…….'

한순간에 심심풀이 땅콩 신세로 전락한 내 기구한 운명.

파파밧.

그때 고개를 드는 백여 명의 마족들과 눈이 마주쳤다.

달이 바뀌는 날까지 운명 공동체가 될 존재들.

'인간의 피가 맛있다고 했다는…….'

갑자기 머리를 스치고 지나가는 세를리아가 했던 말.

그리고 눈앞의 마족들.

내 짐작이라면 이들은 인간의 피가 달콤하다 말했다던 하급 마족들이 분명했다.

그들의 빨주노초파남보 수십 가지의 눈동자 색들이 나를 싸늘하게 응시했다.

순간 차갑게 식어가는 몸.

'…씨파, 새됐다.'

머릿속이 공포로 하얗게 질려 버렸다.

Chapter 09

누나 달려!

"으으으……"

머리가 어질어질거렸다.

사람이 어떻게 한 달 동안 외국어를 마스터할 수 있단 말인가.

하지만 인간은 적응의 동물이라고 누가 그랬던가.

나는 해냈다.

물론 마계의 한 달은 생각보다 오랜 시간이었다.

해가 뜨고 지는 시간까지 지구와는 확연히 달랐다.

손에 차고 있던 군용시계가 번개에 맞아 사망한 이후로 정확하게 시간을 판단할 수 없었지만, 마계의 하루가 지구 시간에 비해 세 배쯤 길다는 것을 짐작할 수 있었다.

"카르얀, 뭐 하는가?"

'보면 모르나. 쳇.'

자신이 공부하라고 건네준 마계를 빛나게 한 100명의 마황전이라는 엄청난 두께의 책.

"호오, 인간 소환수가 마계의 책을 즐겨 보다니, 마계 역사상 단 한 번도 없던 일이군."

외국어를 배우는 데 가장 좋은 방법이 그 외국어로 쓰인 책 한 권을 완벽하게 외우는 것이라는 어느 언어학자의 논문.

살아남기 위해 난 미친놈이 되었다.

태어나 단 한 번도 들어본 적 없는 정통 일본식 발음으로 뱉어내는 프랑스 어 같은 마계어.

머리가 터져 나가려고 할 때마다 태극선기공을 운용하며 지독하게 마계어를 암기했다.

'처음엔 미치는 줄 알았지.'

성의 잡일을 하는 하급 마족들에게 던져진 나의 목숨.

말이 통하지 않았다.

정신 통역 마법이 사라진 뒤에 단 한 마디도 알아들을 수 없는 마계어.

한동안 우리는 수십 년 만에 만난 연인들처럼 한마디도 하지 못했다.

 그러나 소멸이라는 공동의 위험이 함께하는 동료들.

 내가 먼저 씨익 웃으면서 마족들에게 다가갔다.

 그리고 시작된 무지막지한 마계어 교습.

 나를 위하여 자신들끼리 쑥덕거리더니 한 남자가 나를 담당하게 되었다.

 '흑흑, 눈물없인 들을 수 없지.'

 특전사 훈련 따위는 발바닥 땀방울 정도밖에 안 되는 고된 정신노동.

 성에서 잡일이나 하는 하급 마족이었지만 그래도 명색이 마족.

 세를리아와 같은 정신 통역 마법은 아니었지만 급수 떨어지는 통역 마법을 통하여 기본 발음을 배울 수 있었다.

 '그런데 마족들 원래 다 그래? 지식인들이 모두 하급 마족들이라니……'

 지금 내가 앉아 있는 곳은 성안의 도서관.

 말이 도서관이지 중세 시대를 생각하면 큰 오산이었다.

 일개 성안에 자리 잡은 도서관 넓이는 언젠가 가보았던 대학교 도서관은 저리 가라는 규모였다.

 무려 장서가 수십만 권에 육박하였고, 그 역사가 수만 년은 족히 넘었다 한다.

결정적으로 내가 그 말을 믿을 수밖에 없었던 이유.

도서관을 책임지고 있는 눈앞의 중년 정도 나이로 보이는 하덴그라우라는 하급 마족.

나이는 겸손하게 903살 정도밖에 먹지 않았다는 그 말에 나는 할 말을 잃어버렸다.

아무리 마족이라지만 목숨이 어찌 903살을 먹을 수 있단 말인가.

그러나 나는 최상위 마족은 보통 3~4,000년씩 넘게 살고 벽에 똥 바를 때까지 살아남은 마황들은 만 년을 산다는 말에 입을 닫아버렸다.

"자네는 상당히 영특하군. 고작 100년을 살지 못한다는 인간이 이리 오성이 뛰어날 수 있다니. 보통 영특한 마족들도 탄생해서 10여 년은 배워야 하는데……. 마법의 힘을 빌렸다지만 믿지 못할 일이야."

강렬한 황금 머리칼을 소유한 하덴그라우가 지혜가 반짝이는 금빛 눈동자로 나를 보았다.

'무식한 종자들.'

나에게 언어를 가르쳐 준 하급 마족들 중의 지식인 하덴그라우.

내가 알게 된 정보에 의하면 마계에는 모두 네 계급의 마족이 존재했다.

세를리아와 같이 최상급 마족과 그 밑의 상급 마족, 중급 마족, 하급 마족.

그런 네 계급의 마족들의 신분 차이는 어마어마하였다.

검은색 망토를 착용하고 있는 최상급 마족 같은 경우는 마계를 통틀어서도 수백 명 정도밖에 없다 들었다.

그런 그들은 마황에 선출될 수 있는 왕위 계승권과 마계장로, 마계군단의 군단장, 마계 곳곳을 다스리는 마계영주의 위치를 점하고 있었다.

아직 세를리아 말고 최상급 마족을 마주친 적이 없지만, 그들의 눈에 잘못 보이면 그날이 바로 끝이라 했다.

그리고 그 밑의 상급 마족.

이들의 숫자는 조금 많았다.

정확히 파악되지는 않았지만 대충 수천 명의 상급 마족이 존재한다 들었다.

이런 상급 마족들은 대부분 마왕이라 불리는 마계장로들을 수호하거나 마계군단의 고위급 장교, 또는 영지를 소유한 마족의 손과 발 같은 마계전사가 된다 들었다.

이런 상급 마족들은 붉은 망토를 몸에 두르고 있어 쉽게 신분을 확인할 수 있었다.

'중급 마족들이 일개 병사 급이라니…….'

마족들에 대한 지식이 일천하지만, 게임이나 소설에서는

어깨에 힘 좀 들어가고 어린 드래곤 앞에서 침 좀 뱉을 수 있다던 중급 마족이 마족들 사이에서는 병사 급 위치라는 것이다.

그리고 그 숫자는 수십만.

아직까지 정확히 확인해 보지는 않았지만 마계 땅덩어리가 엄청나다는 것을 몇 권의 책에서 간간이 유추할 수 있었다.

하지만 마계의 코미디 같은 계급 체계의 절정은 바로 하급 마족의 위치에서 발견되었다.

무식하게 힘을 중시하는 마계.

마력의 차이로 계급이 나눠지지만 이렇게 황당할 줄은 몰랐다.

마계라고 해서 인간 세상과 별반 다를 게 없었다.

먹고 마시고 살아가는 모양새는 같은 것.

그리고 그러한 삶을 영위하기 위해서는 노동을 제공하는 이들이 필요했다.

그런 노동자의 위치가 바로 하급 마족.

농사꾼, 사냥꾼, 건축 기술자, 요리사, 최하급 말단 전투병, 도서관 서기 등등 일상생활에 필요한 모든 물품을 이 하급 마족들이 담당했다.

'완전 무식이 지식이 된 세계라니까.'

그럼 상위 계급은 어떻게 정해지느냐?

지식 같은 것은 필요없었다.

마력이라 불리는 힘있는 놈이 장땡인 세상.

중급 마족들부터는 생산 활동에 전혀 투입되지 않았다.

그저 매일같이 전투력 육성에 최선을 다하는 그들.

사실 멋진 점도 있었다.

그것은 바로 하급 마족도 최상급 마족이 될 수 있는 권력 개방형 구조라는 것.

상위 존재를 쓰러뜨릴 수 있는 마력만 존재하면 바로 급을 달리할 수 있었다.

다만 도전자가 패배하면 그날로 삶과 빠이빠이해야 했지만 말이다.

"그런데 하덴그라우님은 하급 마족 생활이 만족스럽습니까?"

"물론이네. 난 태어날 때부터 전투력과 마력에 흥미가 없었네. 그저 이렇게 책 속에서 사는 것이 행복하다네."

마족이라고 다 사시미 들고 돌격 앞으로를 외치는 것은 아니었다.

전도연 도사 할배들처럼 제법 현기를 풍겨내는 하덴그라우.

900살치고는 너무 젊은 중년 아저씨의 모습이었지만 지식을 사랑하고 있었다.

'의외란 말이야. 세를리아가 마족들에게 존경받고 있다니.'

마계어를 깨달으면서 생존에 필수적인 정보들을 빼낼 수 있었다.

움직일 수 있는 공간이래야 하급 마족의 생활 장소와 도서관, 그리고 내 방으로 지정된 지하 셋방이 전부였지만 대화가 가능해지자 몇몇 하급 마족들에게 정보를 빼낼 수 있었다.

그중의 하나가 바로 세를리아에 대한 것.

서슴없이 소멸이라는 단어를 즐겨 사용했지만 다른 최상위 마족들과 달리 단 한 번도 하급 마족들을 소멸시킨 적이 없는 아주 착한 마족이라는 것.

그리고 결정적으로 생산년도가 불과 317살에 불과할 정도로 마족 나이로는 새파란 영계라는 점.

최상위 마족들의 평균 수명에 비추어보자면 이제 꽃망울을 맺기 시작하는 초, 중삐리의 어린 나이였다.

'마황의 열두 명의 자식들 중의 하나라 이거지······.'

놀라운 정보 하나는 그런 세를리아가 마계의 주인이라는 마황의 자식이라는 것이다.

그렇기에 나이도 어린 마족이 최상급 마족이 될 수 있었고, 어린 나이지만 이런 성을 물려받을 수 있었다 들었다.

'그리고 최상위 마족들은 하찮은 마법 펼치기를 죽기보다 싫어한다 그랬지……'

나에게 마법을 펼치면서도 오만 가지 인상을 쓰고 고심하던 세를리아.

마족들이 숭배하는 것은 오직 순수 마력의 힘뿐.

보조 수단인 마법을 사용하는 일은 명예를 손상시키는 일들 중의 하나라 하였다.

한마디로 질 떨어지는 마법이라 불리는 기술은 상급 마족일수록 꺼리는 힘이라는 것이다.

그렇기에 마력이 약한 하급 마족들이 마법을 즐겨 사용하는 것이라 하였다.

'마족들이 펼치는 마법은 서클과 무관하다라……. 특이하단 말이야.'

판타지 소설이나 게임에 나오는 서클 마법과 확연히 다른 마계의 마법.

서클 개념 따위는 없었다.

소유한 마력의 힘에 의해 발현되는 마법의 가짓수가 문제지, 서클은 필요없다는 것.

나중에 배워보면 알겠지만 마족 특유의 마법이 존재하는 것 같았다.

또한 놀랍게도 마족들은 하단전 부근에 마력홀이라는 것

을 품고 있었다.

아직 어떤 식으로 발현되는지 알 수는 없지만, 내가 품고 있는 내공도 마족들의 마력홀과 별 차이가 없는 것 같았다.

'마법을 배우고 싶다.'

살아남기 위해서는 무엇이든 배워야 했다.

그중에서 탐나는 것은 마법.

현재 내가 품고 있는 내력은 하급 마족도 어찌할 수 없는 조촐한 수준.

매일같이 엄청난 자연지기를 태극선기공을 이용하여 내 것으로 만들고 있지만 한계가 있었다.

아무리 태극선기공이 뛰어나다 하더라도 태어날 때부터 유전적으로다가 전투 종족인 마족과 상대가 되겠는가.

더군다나 수천 년을 산다는 마족.

100년 살기도 버거운 인간인 나에게는 버거운 상대가 분명했다.

"하덴그라우님, 혹시 저에게도 마법을 가르쳐 줄 수 있습니까?"

"마법? 당연히 배워야지, 마계에서는 마법을 모른다면 언제 소멸될지 모르네. 그리고 우리 같은 하급 마족들은 마법이 없다면 상위 마족님들의 요구를 완성시킬 수 없네."

'오예!'

생각보다 쉬운 마법 입문.

그런데 말을 듣자 하니 내가 마법을 배워야 하는 이유가 상위 마족들의 시종을 들기 위하여 배워야 하는 하인들의 필수과목처럼 느껴졌다.

"특히 자네는 요리를 할 줄 안다고 하지 않았나? 그렇다면 반드시 화염계 마법을 필수적으로 배워야 하네. 주방에 안 들어가서 모르겠지만 모든 요리에 마법이 필요하다네."

"그, 그렇군요……."

들으면 들을수록 비참해지는 내 신세.

"열심히 하게. 비록 쓸모도 없는 인간 소환수지만 세를리아님을 잘 모신다면 제법 오래 살 수 있을 것이네."

'제법 오래…… 끙!'

과거라면 미치고 팔짝 뛰었겠지만 이제 갓 1레벨짜리 게임 캐릭터 같은 내 신세.

하덴그라우 말처럼 열심히 배워서 마계에서 살아남으리라 다짐하였다.

"그런데 정말 인간들이 사는 세상이 있습니까?"

이제 읽기 시작한 도서관의 책들.

이 중에는 인간들이 산다는 중간계에 관한 책들도 있겠지만 도서관 지기 마족 하덴그라우에게 묻는 것이 빨랐다.

"자네가 살던 곳을 왜 나에게 묻는 것인가?"

내 물음에 이상한 눈초리로 보는 하덴그라우.

"하하, 제가 살던 곳이 워낙 외진 곳이라 다른 곳은 잘 모릅니다."

"그랬군. 불결한 대지 마족과 같은 신세였군."

'불결한 대지 마족? 그건 또 뭐 하는 마족이야.'

"대지 마족이 무슨 말씀이신지……."

"축복받지 못한 마족의 이단아들을 말함이네. 우리가 살고 있는 지상과 달리 지하세계나 외진 곳에서 자신들의 삶을 구축하고 살아가는 자들이지. 피부빛은 새하얗고 머리칼은 최상급 마족들처럼 검은 편이지. 외모만으로는 존경받을 마족의 모습을 가지고 있지. 하지만 마신 카르베트야님의 저주를 받아 우리 앞에 나올 수 없다네. 물론 나타난다 해도 모든 마족들의 공격을 받아 죽임을 당하지. 그런 대지 마족 일족들은 지상의 것들을 알지 못하기에 우리 일반 마족들은 바보 멍청이를 대지 마족이라 빗대어 부르지."

'끄으응…….'

대놓고 사람을 바보 멍청이로 만들어 버리는 하덴그라우.

역시 천성적으로 마족이 분명했다.

'인간들이 사는 세상으로 튀어야 한다. 지구 좌표도 모르는 세를리아에게 희망을 품느니 차라리 인간세상에 가서 도움을 받아야 한다. 대마법사 정도 되면 뭔가 알고 있겠지.'

안 되면 드래곤 멱살이라도 잡고 집에 돌려보내 달라고 할 참이다.

생각의 차원이 다른 마족들에게서는 답이 없었다.

'그런데… 정말 이곳이 판타지 소설에서 말하던 이 세계가 맞긴 맞는 거야?'

아직도 꿈을 꾸고 있는 듯한 이 기분.

잠에서 퍼뜩 깨면 집일 것 같았다.

그러나 내 팔뚝을 꼬집어보면 아프기도 했으며 때가 되면 배도 무지하게 고팠다.

"저 하덴그라우님, 말 나온 김에 마법이 무엇인가……."

그그극.

"소환수 카르얀!"

막 하덴그라우에게 마법을 가르쳐 주십사 청하려는 순간, 갑자기 도서관의 두툼한 돌문이 열리며 푸른 망토를 두른 중급 마족 한 놈이 들어와 내 이름을 불렀다.

'썩을 놈…….'

언제 들어도 기분 나쁜 옆집 강아지를 부르는 것 같은 소환수라는 말.

만물의 영장인 인간을 소환수 취급하는 무식이 지식이 된 마족 놈들.

"네! 여기 있습니다!"

마음과 달리 손까지 번쩍 들며 나를 알렸다.

"영명하신 세를리아 포이든 베르슈테트 아크라이슈 제로니안 로히비트 타유슈트아님께서 찾으신다."

"네? 저, 저를요?"

한 달 만에 처음으로 나를 부른 세를리아.

험악한 인상의 중급 마족에게 놀라 물었다.

"오늘은 사냥일이다."

'사냥?'

성에 거주하는 마족들의 숫자만 해도 1,000명이 넘는다 들었다.

그리고 세를리아의 봉토에서 보호를 받는 하급 마족들의 숫자가 수만 명이 넘어간다 들었다.

다른 최상급 마족들이 수십에서 수백만의 마족들을 다스리고 있는 것에 비하면 파리 눈곱만 한 숫자였다.

"지금 즉시 따라오라."

'……헐.'

동네 강아지 신세로 전락한 내 인생.

힘없는 자의 서러움을 팍팍 느꼈다.

"벌써 사냥철이군. 카르얀 자네가 부럽군. 선택받은 마족들만 사냥에 나설 수 있는데……"

'부러우면 내 대신 가던가. 썩을.'

내가 알던 사냥과 차원이 다를 마족들의 사냥.

그래도 궁금했다.

성 내부에서만 살던 나에게 드디어 보여지는 마계의 바깥 세상.

심장이 서서히 두근거리며 뛰기 시작했다.

'오오오오오오오오오오!'

상상 불허라는 말은 이럴 때 쓰는 것이다.

지금껏 갇혀 있던 지하 셋방과 도서관과 하급 마족들이 거주하는 잡일을 보는 곳.

나에게 허락된 곳 이상으로 조금만 벗어나면 귀신같이 중급 마족 병사들이 나타났다.

성안 곳곳 보이지 않는 곳에서 감시하고 있음이 분명한 존재들.

아직 하급 마족들에게도 발릴 것이 확실한 나였기에 중급 마족들의 포스는 장난이 아니었다.

그런 내 눈에 보이는 성의 또 다른 전경.

규모가 장난이 아니었다.

수천 년씩 사는 마족들이 건축한 성이라는 물건.

21세기 건설 장비로도 만들 수 없을 정도로 웅장함을 자랑했다.

아직도 내성 안이 분명했건만, 축구장 세 배 정도 되는 넓은 마당.

회색빛 네모 반듯한 돌들이 규칙적으로 정교하게 깔려 있었고, 그 옆에 서 있는 궁전 같은 성채들은 온통 검은색 재질이었다.

그리고 나를 당황하게 만든 건.

쿠르르르, 쿠르르르.

'마, 말?'

말 같았다.

아니, 말이어야 함이 분명한 존재.

그런데 말이라고 하기에는 너무나 거대하고 살벌한 인상이었다.

길이는 4미터, 높이는 2미터 이상, 거기에 다리는 지네와 친구 먹은 듯 여섯 개.

거기에다가 안장 옆으로 달려 있는 무식하게 큰 창과 도끼 같은 무기들은 보는 것만으로 기가 질리게 만들었다.

'갈기가 가죽이야?'

말이라면 보통 털이 달려야 하건만 털이 존재하지 않았다.

다만 진한 갈색의 물결무늬 가죽이 말이라 불리는 놈의 전신을 갑옷처럼 두르고 있었다.

'저게 펠칸이군. 도끼로 잘려지지도 않겠어……'

배운 단어들을 통하여 막연히 짐작만 하고 있던 마계의 군마 펠칸.

덩치 큰 마족들을 태우고 다니려면 저 정도는 기본일 것이다.

하지만 말이 저 정도라면 사냥감인 마수들은 어떤 모습일까 상상하는 순간 몸이 부르르 떨렸다.

반짝반짝.

'하아, 태양 죽이네.'

마족들도 덩치가 컸고, 말도 큰 마계.

태양도 장난 아니게 컸다.

약간 붉은빛이 감도는 마계의 태양은 지구 태양의 두 배 정도의 크기.

내성 지하와 도서관에 처박혀 있느라 태양을 보지 못했던 나는 마계의 태양에 다시 한 번 놀라야 했다.

퍼러러러러럭.

그리고 200여 마리 정도 되는 펠칸 옆에 대기하고 있는 중급 마족들.

검은빛의 가죽 갑옷과 바람에 날리는 푸른 망토를 착용하고 있는 그들.

평균 신장 2미터가 넘는 그들이 말없이 두툼한 검신을 자랑하는 긴 검을 옆에 차고 서 있는 모습은 보는 나로 하여금

숨이 막히게 했다.

병사들로 취급되는 중급 마족들이라 하지만 가지고 있는 마력은 나를 훨씬 뛰어넘는 그들.

군부대에서 보았던 육중한 무게의 전차들의 도열을 보는 것 같은 기분이었다.

'훗!'

그리고 기다리던 그녀가 나타났다.

한 번 부를 때마다 숨이 차는 긴 이름을 소유한 세를리아.

'요, 요정?'

처음 보는 검은빛이 은은히 흘러나오는 황금과 붉은색 금속이 장식으로 섞여 있는 은빛 가죽 갑옷.

가죽에서 저런 신비한 빛이 나올 수도 있다는 것을 오늘 처음 알았다.

거기에 최상급 마족을 상징하는 벨벳 빛깔의 검은 망토를 착용한 세를리아의 새하얗고 아름다운 얼굴은 동화에서나 나오는 요정의 모습 그 자체였다.

'누가 마족을 전투만 아는 무식한 종족이라고 했어!'

세를리아뿐만 아니라 성에 거주하는 하급 여자 마족들 또한 미모가 수준급이었다.

다들 어디 내놔도 모델 소리를 들을 정도로 마족 여인들은 아름다웠다.

다만 남자 마족들처럼 강한 것을 숭배하는지, 소환수인 나에게는 아무런 관심도 보이지 않는 여자 마족들.

사내로서 자존심에 스파크가 튀었었다.

반드시 마족들보다 강해져 뭇 마족 여성들에게도 사랑받는 소환수(?)가 되기로 말이다.

'저들이 상급 마족이군!'

거주하는 최상급 마족의 이름을 따른다는 세를리아 성의 상급 마족들.

마족 병사들을 지휘하고, 모시는 최상급 마족들을 보호하고 모든 전투 시 선봉에 선다는 전사 마족들.

숫자는 단둘.

다른 최상급 마족들의 성이나 군단에는 최소 수십에서 수백 명의 상급 마족들이 존재한다 했건만, 세를리아를 따르는 이들은 겨우 두 명뿐이었다.

그들은 흡사 쌍둥이라도 되는 양 사각턱에 굵직굵직한 눈, 코, 입과 2미터는 거뜬히 넘는 균형 잡힌 떡대.

그들도 정체 모를 검은 가죽으로 만든 갑옷을 착용하고 있었다.

그러나 그들이 내뿜는 포스는 200명의 중급 마족들을 압도할 정도로 장중하고 묵직한 기운.

세를리아를 사방에서 호위하는 상급 마족들의 모습은 전

혀 빈틈이 없었다.

"추우우우웅!"

마족들도 충성 소리를 좋아했다.

절대 배신이라는 것을 모르는 마족들.

정당한 승부에 의하여 계승 의식이 펼쳐지지 않으면 죽음을 두려워하지 않고 자신이 모시는 최상급 마족을 따른다는 마족 병사들의 모습.

군대에서 자란 나에게는 아주 익숙한 풍경이었다.

스윽.

마계 병사들의 외침에도 오연한 세를리아.

한 번 쓰윽 병사들을 바라보았다.

파밧!

그리고 어느 순간 한쪽에서 멀뚱히 서 있는 나를 발견한 세를리아.

까닥까닥.

손가락으로 나를 오라 하였다.

'하아, 미치겠네.'

사나이 자존심은 개밥에 밥 말아 먹은 지 오래된 이 신세.

왈왈 짖으며 꼬리를 안 흔들었다 뿐이지 이건 완전히 세를리아의 애견 소환수 그대로였다.

그런 세를리아의 손가락질에 나를 바라보는 상급 마족들.

'눈빛만으로 사람 잡겠네.'

태극선기공을 수련한 나조차도 상급 마족의 눈길을 마주하자 몸의 털들이 쭈뼛 섰다.

만약 평범한 인간들이라면 상급 마족들의 눈빛 한 번에 심장마비로 죽을 수 있을 것 같았다.

타다닥.

겉으로 절대 충성해야 할 존재.

다행스럽게 군 훈련 중에는 상관의 명령에 절대 복종이라는 행동에 익숙했기에 눈물을 머금고 세를리아에게 달려갔다.

그리고 막 세를리아 곁에 다다른 순간.

차장!

검이 뽑히는 맑은 비명과 함께 번쩍하며 내 앞에 나타나는 두 자루의 거대한 검.

'흡!'

순간적으로 숨이 막혔다.

거의 손바닥을 편 것 같은 넓고 두툼한 검은 검신.

위윙위윙.

그런 검들의 날에 음각된 나조차 알 수 없는 요상한 문양.

파아앗.

음각된 음양에서 새파란 빛이 뿜어져 나왔다.

한눈에 봐도 어지간한 바위들은 일격에 조각낼 것 같은 무시무시한 기운을 품고 있는 검날에서 뿜어져 나오는 기운.

　내가 조금만 더 움직이면 그대로 목과 육신이 분리될 참이었다.

　"내 소환수다. 가까이 옴을 허락하라."

　스릉.

　이제는 확연히 알아들을 수 있는 세를리아의 목소리.

　그 순간 거짓말처럼 검집으로 사라지는 두 자루의 검.

　'사는 게 사는 게 아냐. 흑흑.'

　매일같이 지옥행 특급열차 표를 만지작거리는 이 생활.

　정신 바짝 차려야 했다.

　"위대하시고 영명하신 마계에서 가장 아름다우신 세를리아 포이든 베르슈테트 아크라이슈 제로니안 로히비트 타유슈트아님을 뵈옵니다!"

　38선 이북의 어버이 수령님을 찬양하는 것도 아니건만 줄줄 내 입에서 나오는 극단의 찬양어.

　더럽고 치사해도 목숨보다 소중한 것은 세상에 없는 법.

　주인을 기쁘게 하는 소환수로서 최선을 다해야 했다.

　"호오, 한 달 만에 정말 다 배웠구나. 불가능할 줄 알았는데……."

　'예쁘니까 참는다. 크윽!'

소멸이라는 말에 목숨 걸고 덤벼들어 섭렵한 마계어.

태극선기공의 공능으로 머릿속의 탁기가 제거되지 않았다면 절대 불가능한 일일 것이다.

그런데 세를리아라는 마족 소녀는 신기한 듯 나를 보았다.

'그럼 불가능을 알고도 협박한 거야?'

미치고 팔짝 뛸 이 열받는 심정.

"모두 다 세를리아님의 커다란 은총 덕분이었습니다."

마음과 달리 얼굴에는 감동과 겸손의 이중 표정이 확실하게 표현되었다.

"그건 그래. 하찮은 인간 소환수에게 그런 은총을 베푼 마족은 나밖에 없을 것이야."

겸손이란 단어는 태어날 때부터 배우지 못한 싸가지 풀 레벨의 세를리아.

"기쁨으로 보답해 드리겠사옵니다."

말만 거친 세를리아와 달리 그 옆에 있는 마족 종자들은 상대하기 힘든 놈들.

한마디만 잘못하면 바로 목이 몸통과 분리될 것이리라.

"출발하라."

"명!"

세를리아의 한마디에 명을 외치는 마족들.

차자자작.

순식간에 자신들의 펠칸 위에 올라타는 마족들의 신속하고 늠름한 모습.

 '설마 나도?'

 승마라고 해봐야 어릴 적 타보았던 말 모양의 자전거와 아버지 무등이 전부였던 나.

 대한민국에서도 먹고살 만한 이들이 돈지랄을 할 때나 탈 수 있는 말이라는 귀한 동물.

 '뒷발로 차면 바로 즉사겠군.'

 시베리안 회색곰 발바닥보다 더 커 보이는 펠칸의 단단한 뒷발.

 "뭐 해! 어서 안 타고!"

 갑자기 귀에 울리는 짜증 살짝 묻어나는 세를리아의 한마디.

 '젠장 어디를 타라고… 헉!'

 다른 놈들과 확연히 차이나는 대가리 하나쯤 더 크고 몸통 색깔도 진한 펠칸을 타고 고삐를 잡고 있는 세를리아.

 그녀가 손가락으로 가리키는 자리를 보고 심장이 발라당 자빠졌다.

 "소멸되고 싶나……."

 세를리아를 보호하고 있는 두 명의 조폭 상급 마족들의 사나운 표정.

'크으. 미치겠네.'

내가 여자를 좋아하지만 아직은 온몸 전체가 눈만 빼고 순결하기 그지없었다.

그런 나에게 시험을 던지는 세를리아.

"타기 싫으면 뛰어와."

'헐……'

"갑니다요!"

타다닥.

힘차게 달려 나에게 정해진 자리에 앉았다.

털썩.

가볍게 지상을 박차고 착지한 펠칸의 등 위.

'도대체 어디를 잡으라는 거야.'

내가 지금 앉아 있는 자리는 바로 세를리아가 타고 있는 펠칸의 뒷자리.

가죽 갑옷을 착용하고 있지만 나올 데는 나오고 들어갈 데는 들어간 마족 미소녀 세를리아의 아낌없는 몸매가 그대로 눈에 들어왔다.

휘이이이이익!

그때 잡을 곳을 찾기 위하여 고민하고 있는 내 귀에 울리는 세를리아의 듣기 좋은 휘파람 소리.

휘이이이, 휘이이이이!

그리고 동시에 울리는 마족들의 휘파람 소리.

파앗!

"엄마야!"

휘파람 소리가 끝나기 무섭게 갑자기 튕겨져 나가는 펠칸.

와락.

상체가 무너지며 지상으로 다이빙할 수 있기에 나도 모르게 뻗어 붙잡은 가녀린 허리.

두두두두두두두두두두두두.

그리고 움직이는 거대한 동체의 펠칸.

"으헐!"

헬기도 타보고 전차도 타보았던 나였다.

그런 나조차 두려운 펠칸의 엄청난 가속력.

지가 무슨 슈퍼카라도 되는 양 바닥을 박차고 나간 펠칸의 몸뚱이는 어느새 내성을 벗어나고 있었다.

사라라라라락.

쉭쉭 지나쳐 가는 풍경 속에서 바람을 타고 날리는 세를리아의 길고 긴 검은 머리칼.

'아……'

향기가 났다.

마족이지만 세를리아도 여인이라는 것을 증명하는 투명한 그녀의 봄날의 후리지아 꽃향기.

나르시소스를 향해 첫사랑에 눈뜬 순수한 님프 후리지아.
순수와 천진난만함의 꽃말을 가진 후리지아 냄새가 바람에 날려 내 영혼을 마비시켜 갔다.
그리고 드는 생각 하나.
이렇게 좋은 내음을 가진 소녀가 마음이 악할 리가 없었다.
세틀리아의 가녀린 허리를 움켜쥔 두 손에 힘이 들어갔다.
갑자기 굴러들어 온 로또와 같은 행운.
이대로 죽어도 좋았다.
'누나 달려!'
마음속으로 힘껏 달려를 외치면서…….

마계
대공
연대기

'겁나 빠르네.'

거북이 등에 얹혀 있는 달팽이의 체감 기분이 이런 것인가.

내가 상상할 수 있는 속도의 한계를 벗어난 펠칸의 질주력.

내성을 벗어난다 싶은 순간, 외성이 보였다.

빠르게 풍물이 변해갔지만 눈 크게 뜨고 머리에 담았다.

'엄청난 외성 규모였어.'

내성도 일반적으로 내가 알고 있던 성의 규모를 넘어섰건만, 외성 또한 마찬가지였다.

내성을 빙 둘러싸고 있던 거대한 성벽의 외성.

높이는 대략 20미터는 넘을 정도로 높았고, 두께 또한 단단하기 그지없었다.

그리고 내성과 외성을 가로질러 가는 사이에 보았던 하급 마족들.

마계 공식 머슴이라 불리는 하급 마족들이 거리를 돌아다니고 있었다.

또한 내성과 달리 외성의 성벽 위에는 족히 천 명은 넘을 것 같은 하급 마족 병사들이 성벽을 경비하고 있었다.

마계라 하지만 나름대로 적응할 만하였다.

마족들이라면 인간의 영혼을 대가 삼아 피를 뿌리고 9서클 마법을 난무하며 드래곤과 패싸움하는 종족인 줄 알았건만 그게 아니었다.

인간들의 생활 방식과는 확실히 달랐지만 나름대로 규율과 생활 방식은 크게 거부감이 없었다.

그렇게 외성을 지나치자 나타난 것이 거대한 밭이었다.

루빠까라 불리는 마계의 밀과 같은 식물.

하지만 밀이라고 해서 다 같은 밀이 아니었다.

무려 알갱이 하나가 내 주먹만 한 루빠까.

하급 마족들이 마법으로 재배하는 마계의 주식량.

지난 한 달 동안 마계에서 빵과 비슷한 여러 가지 음식을 별 탈 없이 먹을 수 있었던 이유도 이 루빠까라는 식물 덕분이었다.

밀가루와 같이 갈아서 빵과 여러 가지 음식 재료로 사용되었다.

만약 지구에 가져가면 일대 식량 혁명이 일어날 수도 있었다.

4미터 정도 되는 다년생 나무에서 수북이 자라나 있었고, 한 번 심으면 대충 관리만 해도 몇 년 동안은 잊어버리고 먹을 수 있다고 했다.

'마족들도 이슬만 먹고 사는 게 아니었어.'

지구만큼은 아니지만 상당한 먹거리가 발달한 마계.

여러 가지 과일도 있었고 후식으로 차 비슷한 것도 마셨다.

거기에다가 술 종류도 여러 가지가 있었고, 고기도 즐겨 먹었다.

그러나 무엇을 사냥하는지는 몰랐다.

나를 요리하는 인간이라 소환수로 뽑은 세를리아였지만 주방으로 발령을 내진 않았다.

다만 글자를 익히고 대충이나마 마계 생활의 기본만 파악하게 만들었던 것이다.

'어떤 사냥감일까?'

마족들은 하루 두 끼만 먹었다.

아침과 저녁.

그것도 보통 인간 성인들 세 끼분이 이들의 한 끼 식사로 사라졌다.

그중에서도 고기는 빠지지 않는 주식.

돼지고기 맛이 나는 것도 있었고, 쇠고기부터 닭고기, 새우, 꽃게 맛까지 가지가지 고기가 존재했다.

'내가 사냥 하면 한사냥 하는데. 흐흐흐.'

특전사 아저씨들과 훈련 중에 가끔씩 사냥으로 별미를 만들어 먹기도 했다.

깊은 산에서 만나는 멧돼지나 고라니 같은 큰 짐승들도 아주 신속하게 해체해서 잡아먹기도 했던 것이다.

그리고 나는 그런 사냥에서 발군의 실력을 보였었다.

'그런데 이놈 정말 빠르네.'

마족들의 밭을 지나가자 어느 순간 나타나는 평원.

마계 땅이라고 특이한 점은 그리 많지 않았다.

색깔이 조금 거무스름한 흙들이 대부분이었고, 바위도 있었으며 저 멀리 숲도 보였고 산도 존재했다.

물론 공기는 오염되지 않은 신선 그 자체.

호흡하는 순간 심장이 뻥 뚫릴 정도로 시원하고 상쾌했다.

'구름도 있고 태양도 있고 달은 좀 많군.'

지구에서처럼 달이 하나가 아니라 마계의 달은 세 개였다.

일 년 열두 달의 달력은 지구와 별반 다르지 않았고 크고 작은 세 개의 달들이 뜬다 하였다.

밤에는 거의 활동을 못했기에 직접 보지는 못했지만 하덴 그라우가 알려주었다.

'그런데 도대체 뭘 사냥한다는 거야?'

시속 7, 80은 넘을 것 같은 펠칸을 타고 두 시간 정도는 달린 것 같았다.

그러나 사냥감으로 보이는 동물은 전혀 보이지 않았다.

'응?'

그때 내 눈에 저 멀리 들어오는 한 무리들의 모습.

'하급 마족?'

한눈에 알아볼 수 있는 하급 마족의 녹색 옷차림.

그런 그들은 손에 창이나 검을 든 전투 복장 차림을 하고 있었다.

거기에 마차로 보이는 덤프트럭만 한 짐마차 수십 대가 대기하고 있었다.

두두두, 두두두두두두.

지치지도 않는 듯 달리는 펠칸.

휘이이이이이이이익~!

아무 말도 없이 애마부인처럼 말만 타던 세를리아 입에서 터진 길고 긴 휘파람 소리.

휘이이이~!

그 뒤를 따라 마족들의 입에서 휘파람 소리가 길게 울렸고, 곧 말은 하급 마족들이 대기하는 장소에 이르렀다.

'많이도 모였네.'

대충 보아도 1,000명 정도의 하급 마족들.

중급 마족들과 달리 경무장 차림의 그들은 각자 구한 듯한 가죽 갑옷과 통일되지 않은 옷차림새였다.

철퍼덕!

세를리아가 멈추자 바닥에 이마를 처박는 하급 마족들.

최상의 예를 표했다.

"준비는."

"끝난 것 같습니다."

짧은 세를리아의 목소리에 답하는 상급 마족.

"그럼 시작하지."

길게 말하면 무슨 입병이라도 나는 듯 명령이 간결했다.

"주군의 명이시다. 모두 사냥 대형으로 갖추어라!"

상급 마족들 중에서도 머리색이 유난히 검은 한 명이 명령을 내렸다.

"충!"

말이 떨어지기 무섭게 충이라 외치는 마족들.

쿠르르르, 쿠르르르르.

펠칸을 몰고 학익진 모습으로 이중 대열을 만들었다.

'얼마나 센 놈이야?'

내 눈에는 아무것도 보이지 않는 구릉과 평원.

그런데 사냥 대형을 펼치는 마족들의 모습에서 긴장감이 엿보였다.

"카르얀, 사냥이 시작되면 위험할 수도 있다."

마족들이 대형을 이루는 사이 세를리아가 무심한 말투로 위험성을 경고했다.

'생각보다 착하단 말이야.'

처음 볼 때 이미지와 확연히 달라지고 있는 병에 걸린 것 같은 미소녀 마족 세를리아였다.

"세를리아님, 그런데 왜 이렇게 힘들게 사냥을 하는 겁니까? 이동 마법으로 간단히 날아와서 사냥감들을 때려잡으면 되는 것 아닙니까?"

오는 내내 궁금했던 궁금증.

내 상식으로 마족들이라면 사냥감을 잡기 위해 이렇게 벌벌 떨 필요가 없었다.

정확히는 모르지만 순간 이동 같은 걸 할 수 있지 않을까

하는 생각이 들었다.

"최상급 마족들만 가능해."

"왜요?"

"마계는 혼돈의 힘이 지배하는 곳. 혼돈의 힘을 뚫고 이동 마법을 펼칠 수 있는 존재는 카르베트야님의 축복을 받은 최상급 마족뿐이다."

"아……."

혼돈이라는 말에 이해가 갔다.

확연하게 세세한 정보를 알 수 없지만 잘못 이동하다가는 큰일 난다는 것쯤은 분위기로 짐작할 수 있었다.

휘이이이이이~!

대답이 끝나자 길게 휘파람을 부는 세를리아.

쿠르르르르르!

기다렸다는 듯 대지를 박차는 펠칸.

두두두, 두두두두두.

어느새 4미터 정도 되는 두꺼운 창을 오른손에 든 마족 병사들.

그리고 마차를 이끌고 움직이기 시작하는 하급 마족들.

나만 모를 뿐이지 본격적으로 사냥이 시작된 것 같았다.

'헐……. 저, 저게 뭐야!'

사냥터로 짐작되는 공간에 10분 정도 들어갔을까.

갑자기 저 멀리서 거대한 모래폭풍이 감지되었다.

'땅 색깔이 변해 있다.'

검은빛이 들어가 있던 땅 색깔이 연한 황토빛으로 변해 있었다.

그리고 풀들도 억세져 있었고 전체적으로 무언가 정립되지 않은 공간처럼 느껴졌다.

'경계가 구분되어져 있는 것인가?'

특수부대 훈련 내용 중 하나인 정찰.

빠르게 스쳐 지나왔지만 대지의 색이 변해 있다는 점이 마음에 걸렸다.

마족들이 거주하는 곳과 식량을 재배하는 곳, 그리고 사냥터는 대지의 색이 모두 달랐다.

'그건 그렇고 저것들은…… 헉!'

모래폭풍처럼 보이는 존재들을 바라보는 순간 그때서야 귀에 들려오는 굉음.

쿠구구구구, 쿠구구구구구.

전차들 수백 대가 한꺼번에 최고속 기동하는 충격음이 먼지구름을 뚫고 들려왔다.

지이잉!

펠칸을 타고 달려가던 마족들의 몸에 갑자기 둘러쳐지는

투명한 막.

세를리아도 막을 형성해 내었다.

'이게 뭐야?'

모든 게 신기한 세상.

쪽팔리게 세를리아 뒤에서 허리를 강하게 움켜쥔 상태에서 손을 뻗어 젤리 같은 투명한 막을 만져 보았다.

퉁!

'어라?'

보이기에는 투명한 젤리처럼 보였건만 손을 뻗어 만지자 강력한 반탄력이 느껴졌다.

팟!

동시에 손에 창을 든 마족 병사들.

그대로 먼지폭풍을 향해 미친 듯 펠칸을 몰아갔다.

'허억!'

그리고 다가갈수록 내 눈에 확연히 보이는 먼지구름의 정체.

'이 미친놈의 세상 같으니라고!'

소 떼였다.

TV 영상에서나 보았던 평원을 질주하는 거대한 소 떼 무리.

문제는 그 소가, 소가 아니라는 것.

먼지를 일으키며 마주 달려오는 놈들의 선두에 선 소 모양을 한 존재.

동네 힘 좋은 수소는 다리 근육통에 달린 힘줄 정도밖에 안 될 정도로 어머어마한 크기를 자랑했다.

대충 봐도 5미터 정도 되는 크기에 무게는 몇 톤은 거뜬히 나갈 정도로 육중하였다.

더군다나 문제는 놈들의 흉측한 모습.

소를 닮은 주제에 이빨은 성질 더러운 멧돼지 이빨처럼 날카롭게 뻗어 나왔으며 가죽은 온통 검은빛이었고 쇠꼬챙이 같은 뿔이 네 개나 나 있었다.

그런 뿔들과 이빨을 앞세우며 돌진해 오는 소를 닮은 동물.

쇄애애애애애액!

여린 몸을 이끌고 선두에 선 세를리아가 손에 들고 있던 창을 날렸다.

파바바바밧.

그 뒤를 이어 200명이 넘는 마족들이 창을 날려대었다.

'주, 죽인다!'

마력이 담겨 있음이 분명한 마족들의 창.

검에 새겨진 알 수 없는 도형들이 창에도 새겨져 있었고, 푸른 빛에 감싸인 창은 돌진해 오는 마계 소 떼를 향해 직선으로 날아갔다.

쉬이이이이이이이이익!

퍼버버버버버버벅!

쿠에에에에에에에에에에에에!

창이 바람을 가르는 소리와 소 떼에 격중하는 파멸음, 그리고 소들의 비명이 세상에 가득 울렸다.

차장!

하지만 소 떼는 그것이 끝이 아니었다.

이번에는 검을 빼어든 세를리아와 마족들.

거침없이 소 떼를 향해 뛰어들었다.

쉬이이이이잇.

파삭! 파사사사사사삭!

남자 망신 다 시키는 자세로 세를리아의 허리를 두 손으로 움켜쥐고 있던 내 눈에 보이는 장면들.

쿠에에에에에에에엑!

촤아아아아아악!

피가 튀었다.

마계에 사는 소들도 살아 있는 생명체임을 알리듯 붉은 피가 사정없이 튀며 투명한 젤리에 부딪쳤다.

'썩을, 이게 그럼 피 튀는 거 방지용이었어?'

이제야 파악한 투명한 보호막의 정체.

신기하게 마족들의 검과 손들은 벽을 가로지를 수 있었지만 후기인상파 작품 같은 더러운 인상의 소들의 피는 전혀 막을 통과할 수 없었다.

퍼버버벅.

쉬쉬쉬쉬쉭.

퍼벅, 퍼버벅.

'옴마야!'

나도 제법 인생 거칠게 살아왔지만 이 정도는 아니었다.

멈추지 않고 마주 달려가는 펠칸과 마력검에서 발출된 수 미터 정도 되는 파란 형체의 검강.

그대로 달려드는 소 떼들의 육신을 베어 넘겼고, 잘려 나간 소들의 다리들과 몸통, 심지어 고통에 일그러진 보통 소 덩치만 한 대가리들이 막에 부딪쳐 튕겨져 나갔다.

3D 영화는 저리 가라는 죽여주는 현실감.

엉덩이로 전해지는 충격파와 더불어 제대로 영화 한 편을 찍고 있었다.

두두두두두, 두두두두두.

그렇게 얼마를 미친 듯이 마계 소 떼들을 베어 넘기던 어느 순간 갑자기 앞이 뻥 뚫렸다.

드디어 소 떼들을 돌파한 것이다.

두두두두, 두두두두두.

돌파를 하자 그대로 회전하는 세를리아.

마족들도 질서 정연하게 자리를 잡아갔다.

'응?'

그리고 그 순간 갑자기 세를리아의 허리를 잡고 있던 내 손에 느껴지는 거대한 기의 파동.

'어… 엄청나다!'

내 안에 있는 내공이 동반작용할 정도로 생생하게 느껴지는 세를리아의 강력한 마력.

"탓!"

짧게 울리는 세를리아의 기합 소리.

슈욱.

그리고 팽팽하게 부풀어 올라 있던 세를리아의 몸속 마력이 빠져나가는 느낌.

슈슈슈슈슈슉!

앞을 볼 수 없었지만 뒤에서 길게 대형을 이루고 있던 마족들의 검에서 뻗어나가는 수백 개의 2미터 정도 되는 원형의 푸른 구체.

퍼어어어어어어어어엉!

쿠에에에에에에에에에에……

잠시 후 들리는 폭탄 터지는 듯한 폭발음과 생명을 마감하는 마계 후기인상파 소 떼들의 처절한 비명 소리.

"……."

잠시간 찾아온 정적.

사냥이 끝났다는 것을 깨닫고 고개를 빼꼼히 내밀어 전면을 응시했다.

'…얼…….'

초토화.

분명 수천 마리는 될 것 같았던 마계 소 떼들.

그런데 지금 평원에는 움직이는 소 떼가 단 하나도 없었다.

도축 스킬을 마스터한 마계 병사들에 의하여 초원에서 생해부를 당한 소 떼들.

부르르 몸이 떨렸다.

지구였다면 감히 볼 수 없는 사냥터의 리얼함.

마족은 마족이었다.

'저렇게 쉽게 잡을 수 있는데 왜 칼질하고 난리야.'

갑작스럽게 찾아온 궁금증.

"저… 그런데 왜 저놈들은 검으로 잡지 않고 마력탄으로 잡으셨나요?"

세를리아의 분위기를 파악하며 조심스럽게 질문을 던졌다.

"고기 맛이 달라."

"네?"

"검으로 잡은 놈들은 나와 상위 마족들이 먹을 것들이다. 그리고 마력으로 잡은 것들은 하급 마족들의 식량이다."

당연하다는 듯이 당당하게 답하는 세를리아.

"무슨 차이가 있는지……."

"맛이 달라. 소환수인 너는 모르겠지만 마력검으로 잡은 고기들은 잘리는 즉시 마력에 섞여 있는 냉기에 의하여 신선한 맛이 변하지 않는다. 하지만 마력탄으로 잡은 놈들은 마력탄에 의하여 타거나 부서져 있는 그냥 고기일 뿐이다."

'…와, 이거 마족인권위원회에 제보해야 하는 거 아냐.'

대놓고 차별하는 세를리아.

한마디로 말해서 자신들이 먹을 고기들은 먹기 좋게 잘라서 냉장 보관한다는 말이고, 하급 마족들이 먹을 것들은 식량 이상의 의미가 없다는 것.

그런데도 부끄러움이나 미안한 마음이 전혀 느껴지지 않는 세를리아.

이곳이 마계가 맞긴 맞는 것 같았다.

그리고 어느새 도축된 고기들 곁에 하늘을 날아 도착한 하급 마족들.

검으로 도축된 고기들을 마법을 사용해서 깨끗하게 다듬

는 모습이 보였다.
 그 모습에 혹시 나중에라도 저런 마족들을 내 밑으로 둔다면 절대 탄 밥(?) 먹이지 않을 것이라 소리없이 다짐을 하였다.

Chapter 11

마계 꽃등심 요리법의 창시자

마계
대공
연대기

'이런 곳에서 야영이라니.'

사냥은 쉽게 끝나지 않았다.

펠칸이 끄는 대형 짐마차를 다 채울 작정이었는지 해가 저물었음에도 성으로 돌아가지 않았다.

대신 하급 마족들이 가죽으로 만든 막사를 짓고, 음식을 만들기 시작했다.

'저게 다 마법이야?'

휴대용 버너 모양처럼 생겨먹은 돌판 위에서 불이 피어올랐다.

그리고 그 위에 대형 냄비가 걸렸고, 오늘 잡은 코피론이라는 마계 소고기를 넣고 끓였다.

 '하급 마족들은 모두 돌쇠들이로군.'

 쉬고 있는 하급 마족들이 없었다.

 낮에 잡은 코피론과 몇몇 마계 동물들의 가죽을 벗기거나 고기를 정리하였으며 펠칸을 돌보았다.

 '저 새끼도 마족 출신이 맞네.'

 난 펠칸이 풀 뜯어 먹는 초식성인 줄 알았다.

 그런데 그게 아니었다.

 코피론의 살점을 기분 좋게 뜯어 먹고 있는 펠칸.

 크르르르르르.

 찌릿찌릿.

 고기를 처먹고 있는 펠칸 한 놈과 눈이 마주쳤다.

 '와아, 지금 나 보고 입맛 다시는 거야?'

 피가 뚝뚝 흐르는 코피론 고기를 순식간에 먹어치우고 거의 1미터 정도 되는 긴 혀를 쭉 빼서 입맛을 다시는 놈.

 문제는 놈이 나를 보며 더러운 혀를 날름거린다는 것이었다.

 '오냐, 너도 나를 물로 본다 이거지? 잊지 않겠다. 오른쪽 하얀 점박이, 기억해 두겠어!'

 마족들에게 소환수라 불리는 것도 서러운데 마계 말조차

나를 한 끼 식사거리로 여기는 이 순간.

오기가 치솟아올랐다.

오늘부터 저 새끼는 밤길 조심해야 할 참이었다.

'그나저나 신분 차별 하나는 확실하군.'

하급 마족들이 열심히 노력 봉사하고 있는 사이 중급 마족들은 자신들의 개인 막사에서 검을 닦거나 식사를 하고 있었다.

물론 그런 중급 마족들 곁에는 한두 명의 하급 마족들이 시중을 들었다.

그러나 전혀 불만없는 하급 마족들의 표정.

힘있는 자를 존경하는 마계의 룰.

자신들도 능력만 되면 평안한 삶을 살 수 있다는 것을 알고 있어서 그럴 것이다.

'그런데 저 검 탐나네.'

마력검이라 불리는 마족들이 사용하는 검.

길이는 1미터 40 정도 되는 크기에 도끼도 형님이라 부를 정도로 두툼한 검신.

또한 검면에 새겨진 정체 모를 도형과 글자들.

세를리아가 고기를 자를 때 냉기를 담을 수 있다 말하는 것으로 보아 마법 아이템이 분명한 것 같았다.

'상급 마족들이 들고 있는 검과는 차이가 있군.'

눈앞에서 똑똑히 보았던 쌍둥이 상급 마족의 검.

중급 마족들의 검면에 새겨진 글자와 도형이 더 세밀하고 양도 많았다.

정확히는 모르지만 마력과 관련이 있는 것 같았다.

물론 하급 마족들도 검이나 창 같은 무기를 들고 다녔다.

그러나 비교할 수 없을 정도로 평범해 보였다.

'응? 그런데 난 왜 밥을 안 줘?'

세를리아와 상급 마족들은 대형 가죽 천막으로 들어가 있었고, 다른 중급 마족들은 시중을 들며 식사를 마치고 있었다.

그리고 하급 마족들도 자신들끼리 뭘 만들면서 한 끼 해결하였다.

하지만 문제는 나를 그 누구도 전혀 신경 쓰지 않는다는 것.

성에 있을 때는 하급 마족들과 함께 식당에서 밥을 먹을 수 있었건만 이곳에서는 찬밥 신세였다.

더군다나 나를 보며 흠칫 놀라거나 자신들끼리 속닥거리는 하급 마족들.

아직 나에 대한 소문을 듣지 못한 것 같았다.

'안 주면 내가 차려 먹는다.'

어릴 적부터 혼자 밥 차려 먹는 것에 이골이 났다.

할 일 없어 혼자 요리법을 개발하는 수준까지 이르렀으니 굶어 죽을 일은 없었다.

아까부터 살펴보았던 한 곳.

마차들 중의 한 곳에서 고기를 제외한 음식 재료들이 내려짐을 진작 파악하고 있었다.

저벅저벅.

서서히 어둠이 밀려오고 하늘에 뜨기 시작하는 세 달들의 기운.

인간 계절로 따지자면 4월로 불리는 시기.

대형 짐마차 앞에 발걸음이 멈춰 섰다.

흠칫.

마차를 관리하는 것으로 보이는 가죽 갑옷과 녹색 계열의 망토를 착용한 얼굴이 큰 마족이 나를 보며 놀랐다.

"칼과 고기, 그리고 마법불판, 냄비, 양념이 있으면 주시오."

성에서 먹을 때는 몰랐지만 쇠고기 맛이 나는 고기가 바로 코피론.

마족들이 만드는 물에 대충 야채와 고기를 넣고 끓여 먹는 것도 먹을 만했지만 지금 나는 다른 것이 먹고 싶었다.

"요, 요리를 할 줄 아는가?"

내가 달라는 재료에 놀라는 하급 마족.

다른 마족과 달리 나와 비슷한 180센티 급 루저 마족 남자는 요리할 줄 아느냐고 물었다.

"소문 못 들었소? 내가 바로 주군에 의하여 소환된 인간 요리사라는 것을 말이오."

"요리사!"

요리사라는 말에 깜짝 놀라는 마족.

'얼라리요? 왜 이렇게 놀라?'

사실 말이 나와서 말이지, 마족들 요리 솜씨는 형편없었다.

상급 마족들이 먹는 것은 그나마 정성이 좀 들어가서 봐줄 만할 뿐이지 만들어낸 요리들은 단순하기 그지없었다.

고기는 무조건 삶거나 구워버렸고 야채는 생으로 먹거나 아니면 같이 삶아 먹는 수준이었다.

워낙 싸움질을 좋아해서 그런지 먹는 것에는 그리 열을 내지 않는 마족들.

요리사에 대한 묘한 동경이 있는 것 같았다.

"바쁜 것 같으니 필요한 것은 내가 찾아가겠소."

"그, 그러도록 해라."

아마 태어나 인간은 내가 처음인 것 같았다.

신기해하면서도 당황함이 그의 목소리에서 배어 나왔다.

'와아, 옆에서 보니까 진짜 크네.'

한눈에 봐도 단단해 보이는 붉은색 나무와 마족들이 주로 사용하는 검은빛 도는 철로 지지대를 삼아 만든 마차.

정교한 모양새가 마족들의 손재주를 짐작할 수 있었다.

천장은 가죽으로 덮여 있는 열린 창고형 마차 내부.

불을 피울 때 사용하는 돌로 만든 30센티 정사각형 마법불판과 요리에 사용되는 각종 주방기구들이 보였다.

'이것들이 양념이군.'

내 몸통만 한 나무상자들에서 솔솔 풍겨오는 양념 냄새.

하나씩 뚜껑을 열어보기 시작했다.

'오! 이것은 후춧가루! 소금!'

놀랍게도 집에서 사용하는 후추 색깔이 아닌 노란색 물체에서 후추향이 강렬하게 퍼져 나왔고, 옆 단지에는 고운 결정체의 소금이 가득 들어 있었다.

뿐만 아니라 마늘과 양파 향이 나는 이상한 모양의 채소들도 한쪽에 널려 있었다.

'흐흐흐. 이 정도면 훌륭해.'

모양은 조금 달랐지만 훌륭한 조리기구들도 마차 벽에 걸려 있었다.

'철망, 프라이팬, 도마, 쟁반, 칼, 후추, 소금, 양파와 마늘 맛 나는 채소. 꿀꺽~! 수, 술도 있다.'

갑자기 땡잡은 기분이 팍 들었다.

남자 자존심 다 팔아버리고 세를리아 뒤에 매미처럼 하루

종일 착 달라붙어 있었던 오늘 하루.

먹는 것으로 스트레스를 확실히 날리리라 마음먹었다.

'그런데 왜 모든 철들이 다 검은색이야?'

마계에는 검은빛의 철밖에 없는 듯 검이나 쇠로 만든 물건들은 대부분 검은색이었다.

물론 아닌 것도 있었지만 대부분이 그러했다.

'탄력이 좋나?'

검으로도 만들고 주방기구나 각종 재료에 폭넓게 사용되는 검은 철.

마계 언어를 배웠지만 모든 용어들을 습득할 수는 없었기에 궁금한 점이 한둘이 아니었다.

생각 와중에도 재료들을 프라이팬 위에 차곡차곡 쟁였다.

'자주 애용해야겠어.'

이제부터 내가 먹을 것들은 직접 만들어 먹으리라 마음먹었다.

식당 차리면 한 달 안에 망할 것이 분명한 마족들의 요리 솜씨로는 내 고급 입맛을 만족시킬 수 없었다.

'아니, 언제 이렇게 몰려왔어?'

내가 도구들을 챙겨 밖으로 나오자 하급 마족들 십여 명이 밖에서 기다리고 있었다.

그리고 나와 눈이 마주치자 딴청을 피우는 마족들.

"이름이 뭐요?"

이제는 나도 마족 생활에 적응을 한 것 같았다.

첫날 마주 대했을 때만 해도 내 피를 빨아 먹을까 봐 걱정했던 하급 마족들.

이제는 당당하게 반말체로 그들에게 이름까지 물었다.

물론 지금도 살짝 두려운 점은 있었다.

그러나 나에게는 이들의 주인이라 할 수 있는 세를리아라는 든든한 버팀목이 있었기에 최대한 강짜를 부렸다.

"어머니에게 이름을 받은 베시스토라 하네."

'참 이상한 곳이란 말이야.'

마족들에게 이름을 물으면 꼭 누구에게 이름을 받았다는 말로 첫 설명을 하였다.

베시스토처럼 어머니도 있었지만 아버지도 있었고 다른 마족에게서도 이름을 받았다는 말을 했다.

"난 세를리아님에게 이름을 받은 카르얀이라고 하오이다. 앞으로 잘 지내봅시다."

"허억……."

"주, 주군에게서 이름을……."

내 말에 놀라는 마족들의 표정.

'헐, 이 부러움과 존경이 담긴 표정은 뭐야?'

방금 전까지와 확연히 다른 마족들의 표정.

마계 꽃등심 요리법의 창시자 249

심지어는 옷매무새를 고쳐 잡고 상급 마족을 대하듯 고개를 숙이는 자들도 있었다.

"고기 좀 가져다 먹겠소."

바로 옆 마차에 차곡차곡 쟁여져 있는 상급 마족용 절단 코피론 고기.

마법으로 깨끗하게 세척이 된 듯 먼지 하나 묻지 않은 고기는 나무틀 사이에 반 냉동, 냉장 상태로 진열되어 있었다.

'캬아, 마법으로 냉장고도 만들 수 있네.'

마차 내부에 그려져 있는 이상한 도형과 글자들.

마계어와는 확연히 다른 문형들은 마법과 관련되어 있음을 알 수 있었다.

그리고 그 마법 덕분에 마차 내부는 싸늘한 것이 대형 슈퍼마켓에 존재하는 싱싱냉장고와 비슷하였다.

'오! 꽃등심이다!'

수북하게 쌓여 있는 고기들 중에 내 눈에 확 들어와 꽂히는 한 부위.

언젠가 아버지가 사 온 적이 있는 투 플러스 급 한우의 꽃등심.

놀랍게도 후기인상파 코피론의 고기는 소고기와 정말 비슷하였다.

'오늘 배터지게 먹어볼까. 흐흐흐.'

프라이팬과 기타 재료들을 한쪽에 내려놓고 가정용으로 쓰기에는 살벌해 보이는 식칼을 손에 들었다.

그리고 마블링이 제대로 되어 있는 소고기를 잘라갔다.

캉!

"켁……."

분명 내 손에 들린 식칼이 껍질과 함께 붙어 있는 살을 잘라냈건만 무슨 쇠에 부딪치는 충격음이 들렸다.

'가, 가죽이 쇳덩어리!'

이곳이 마계라는 생각이 다시 퍼뜩 들었다.

그리고 왜 하급 마족들이 아닌 중급 마족들이 전투하듯이 사냥을 했던지 이유를 알 것 같았다.

평범해 보이는 가죽 하나가 이리 단단하니 다른 것을 물어서 뭣 하겠는가.

"마력을 담아야 합니다."

세를리아에게서 이름을 받았다는 말 이후로 말투가 바뀐 베시스토가 식칼에 마력을 담아야 한다고 알려줬다.

"가죽도 단단하지만 지금 냉기 마법에 걸려 있어 마법결정을 제거하기 전까지는 고기로 사용할 수 없습니다."

'이 썩을 놈의 마계 같으니라고. 고기 하나도 힘없으면 못 먹는단 말인가!'

이래서 마족들이 전투 종족이라 불리는 것이리라.

먹는 것 하나에도 마력이 없으면 안 된다면 보통 인간들은 코피론을 잡아먹기는커녕 놈의 똥구멍으로 아침 똥이 되어서 나올 수도 있었다.

'마력이라 이거지.'

하단전에 들어 있는 내공을 세를리아가 라우스 꼬리만 한 마력이라고 했다.

그 말은 곧 내공이 마력과도 동일시된다는 의미.

'식칼치고는 너무 좋다.'

손에 들린 길이 50센티 정도 되는 두툼한 검은 빛깔의 식칼.

문양 없는 단순한 모양이었지만 지구에 가져가면 대박날 정도로 명품 포스가 흘러나왔다.

'한 번 불어넣어 보자.'

이대로 굶을 수는 없는 법.

태극선기공을 운용하며 하단전의 내공을 끌어올렸다.

그리고 천천히 명품 식칼에 내공을 옮겨보기 시작했다.

팟!

'호옷!'

내공이 검에 옮겨가자 전구에 빛이 들어오듯 검에서 서서히 빛나기 시작하는 검기.

모용미미와의 대결에서 검기를 뽑아낼 수 있다는 것을 알았지만 마계에서도 통할지는 의문이었다.

그러나 의문을 싹 날려 버리는 검기 발현.

고기를 썰기 위하여 발현한다는 것을 안다면 장백검술을 전수해 주신 현몽 도인이 기절하겠지만 어쩌겠느냐, 나에게 있어 지금 먹는 것이 검술보다는 더 중요한 문제였다.

치익.

서걱.

'이렇게 쉬운 것을~!'

검기가 발현되자 가죽과 마법결정이 한 방에 해결되었다.

그리고 부드럽게 썰어지는 꽃등심 같은 코피론의 고깃덩어리.

서걱, 서걱, 서걱.

가죽을 완벽하게 분리하자 검기를 사용할 것도 없었다.

가죽과 달리 엄청 연한 육질을 자랑하는 코피론의 살점.

순식간에 내 허벅지만큼 고기를 절단했다.

쟁반에 수북하게 잘려진 고기를 올려놓았다.

구워 먹기 딱 좋은 1센티 정도의 두께.

'이건 또 어떻게 사용하는 거야.'

아무리 눈치가 빠른 나였지만 마법불판 사용법은 알 수 없었다.

"마력을 집중하시면 불이 일어납니다."

마력이 없다면 아무것도 할 수 없는 마계.

'이 양반 왜 이리 친절해?'

베시스토라 불리는 마족.

다들 한 몸매, 얼굴 하는 마계에서는 루저 급의 외모였지만 그래서 친근감이 느껴졌다.

키도 나와 비슷하였고 성깔도 없어 보였다.

'그래, 이번 기회에 좀 친하게 지내보자.'

앞으로 배워야 할 일이 태산이었다.

세를리아도 묻는 말에 잘 답해주는 편이었지만 그 옆에 쌍심지 켜고 있는 상급 마족들 때문에 입 열기도 겁났다.

파앗!

마법불판을 잡고 내공을 불어넣었다.

화르르르르르르!

"으헉!"

내공을 집어넣는 순간 갑자기 확 하고 불길이 일어났다.

치지지지직.

그리고 순식간에 내 눈썹과 머리카락 일부를 살포시 꼬실라 버리는 마법불판.

"하하, 마력은 천천히 불어넣으셔야죠. 미각성 마족들도 사용할 수 있을 정도로 마력 증폭이 걸려 있습니다."

'아놔, 진작 좀 말해줘야지!'

고기 굽기 전에 나부터 구워버릴 뻔한 아찔한 순간.

화르르르르르르르르르.

한 번 마력이 입력되자 불길은 그대로 유지되었다.

'이거 가져가서 팔면 대박이겠다.'

전기도 가스도 필요없는 마법불판.

아직 정확한 원리는 모르겠지만 좌우지간 돈 좀 될 물건이었다.

'배울 수 있을 때 모조리 배워둬야지.'

그리고 마족들이 사용하는 모든 것들을 이번 참에 다 배워버리리라 마음먹었다.

살살 풍겨오는 엄청난 돈 냄새.

그냥 넘길 내가 아니었다.

'이제 구워볼까. 흐흐.'

우여곡절 끝에 완성된 마법 불길.

내공을 살포시 줄이자 적당한 크기로 줄어들었다.

철컥철컥.

주변에 있는 돌을 주워서 지지대를 세웠다.

특전사 훈련 때 하도 많이 해봐서 통달한 손놀림.

'동물원 원숭이 구경하는 것도 아니고······.'

고기 좀 구워 먹겠다는데 나를 뻥 둘러싸고 있는 마족들.

순식간에 설치를 마친 나는 그 위에 역시나 검은색 철로 만든 철망을 척하니 걸쳤다.

"룰루, 루룰루♬♬"

내가 생각해 봐도 정말 특이한 성격을 소유한 나였다.

다른 사람들이라면 마계라는 소리에 심장이 오그라들어 심장마비로 죽었을 것이건만 살아남기 위하여 최대한의 발버둥을 치는 나.

이제는 마족들 틈에 둘러싸여 고기까지 구워 먹고 있었다.

치이이이익.

철망 위에 고기가 올려지자 치익 소리와 함께 코피론 꽃등심이 익어갔다.

곡물사료를 사용하지 않았음에도 기막히게 지방이 살점 사이로 마블링된 특플러스 급 꽃등심.

사락, 사락, 사락.

소금과 후추를 고등어 간재비하는 사람처럼 순식간에 고기 위에 골고루 뿌렸다.

탁탁탁.

간재비를 마치고 호박 크기의 붉은색을 띤 양파 맛 나는 야채 껍질을 벗기고 알맞게 썰었다.

'마계라서 다 큰가?'

크기와 모양이 달랐지만 영락없는 양파와 마늘 향이 나는 야채.

대충 가도 서울만 가면 그만.

즐거운 기분으로 야채를 다듬어놓았다.

사르르르르르르륵.

'캬아, 이 환상적인 냄새라니!'

아직도 잊을 수 없었던 아버지와 먹던 특등급 꽃등심.

박복한 군인 월급으로는 도저히 맛볼 수 없었던, 죽어서도 잊을 수 없었던 그 맛난 냄새가 영혼을 자극해 왔다.

꿀꺽.

목에서 침이 넘어갔다.

아침밥 먹고 내내 사냥터를 따라다녔던 터라 뱃가죽이 허리에 붙어 있는 상황.

치익, 치이익.

쇠고기는 살짝 덜 익혀 먹어야 했지만 육즙이라 불리는 핏기를 좋아하지 않기에 피 색깔이 나지 않게 완벽하게 익혔다.

사각, 사각.

잘 익혀진 스테이크 두께의 고기를 도마 위에 놓고 칼을 휘둘러 순식간에 먹기 좋게 잘랐다.

뽕!

그리고 마차 안에 있는 술이라 짐작되는 정체 모를 코르크 마개 같은 병뚜껑을 열었다.

"오오······."

술이 분명했다.

매실주 같은 향기가 살포시 풍겨오는 병 안의 술.

아버지가 훈련 가고 난 뒤에 긴긴 밤에 나 홀로 뭐 하겠는가.

평소 아버지를 존경하던 후배 장교들이 사다 준 양주 한 병 몰래 꼬불쳐서 삼겹살에 먹던 그 맛은 지금 생각해도 죽음이었다.

'이건 냄새가 아니라 향기다, 향기!'

소고기 저리 가라는 잘 익혀진 코피론 살점.

기름장이 없는 것이 아쉬웠지만 시장이 반찬인 이 순간.

입을 벌리고 큼지막하게 한 덩어리를 씹어갔다.

"……!!!"

입 안에 들어가는 순간 눈이 튀어나올 것 같았다.

'이렇게 기막힌 맛이라니!'

부드러웠다. 그리고 동시에 쫄깃한 식감과 비릿내 하나도 나지 않는 달콤한 육즙.

거기에 소고기 특유의 고소함까지 가미된 이 맛.

와작와작와작와작.

소금으로 간이 배어지고 후추 향까지 은은히 묻어 나오는 코피론 구이를 사정없이 입으로 쑤셔 넣었다.

오래 씹을 것도 없었다.

기막힌 식감에 몇 번 씹어 삼키는 이 순간.

여기가 마계 사냥터가 아니라 가족들과 소풍 나온 야외 바비큐장이었다.

꿀꺽.

"크으……."

정신없이 고기를 삼키다 입에 기름기가 맴돌자 술병의 술을 병째로 들이켰다.

'죽인다… 죽여!'

술은 제법 독하였다.

양주 급에 필적할 만한 독주였지만 매실 맛이 살포시 우러나는 뒷맛은 기름기로 범벅된 입을 깔끔하게 만드는 데는 그만이었다.

와작와작.

다시 고기를 씹고 양파와 마늘 맛 나는 야채를 생째로 씹었다.

치이익, 치이이익.

그리고 마법불판에 연속으로 구워지는 코피론 꽃등심.

눈에 뵈는 게 아무것도 없었다.

그저 이 순간만큼은 세상 그 누구도 부럽지 않을 뿐이었다.

"꺼어어억."

몰아지경에 빠졌다 깨어나는 길고 긴 트림.

'도대체 몇 근을 먹은 거야?'

얼마를 먹었는지도 몰랐다.

정신없이 먹고 마시고, 먹고 마시고 하다 보니 어느새 독주 한 병이 발밑에 떨어져 있었다.

물론 내 허벅지만큼 되던 고기도 어느새 몇 점 남지도 않았다.

내 평생 언제 먹을지도 모르는 꽃등심 맛 나는 코피론 고기.

배 터져 죽을 정도로 위장에 쑤셔 담아주었다.

'응?'

배가 부르자 그제야 주변이 보였다.

'어, 언제 이렇게 몰려든 것이야······.'

모든 것을 잊고 고기를 먹고 있던 그 순간 내 주변으로 모여든 마족들.

베시스토를 비롯한 십여 명의 마족이 아니었다.

족히 수백 명은 되어 보이는 마족들이 주변을 포위하듯이 자리 잡고 나를 바라보고 있었다.

'헐!'

그런 그들의 눈은 모두 몇 점 남지 않은 코피론 살점을 보고 있었다.

'다들 왜 그래. 집 마당에 꽃등심 농장도 없는 불쌍한 사람들처럼······.'

이글거리는 마족들의 눈빛에서 보이는 뜨거운 열망.

그것은 바로 배고픔이었다.

"대, 대단하십니다. 어떻게 코피론 고기를 그렇게 먹는 방법을 생각하셨습니까! 소금과 칼고인을 고기에 뿌려서 굽고 달콤하면서 매운 라슈트와 메이안으로 기름기를 중화시키다니. 정말 카르얀님은 대단한 요리사임이 분명합니다."

베시스토가 눈물까지 글썽거리며 존경심을 꽉꽉 뿌려대었다.

'미치겠네. 이게 대단한 일이야?'

유럽에서 삼겹살을 구워 먹지 못하고 잡고기 취급하여 햄이나 만들고 심지어 버리기까지 하는 것처럼, 이곳 마족들은 지금껏 코피론 고기를 맛있게 먹는 방법을 고찰해 보지 못한 것 같았다.

머리통 속에 싸움질밖에 없는 마족들 특성답게 먹는 문화가 덜 발달될 수도 있을 법했다.

하지만 대한민국 국민 대부분이 알 수 있는 고기 구이법으로 구워버린 나를 새로운 신천지를 발견한 영웅처럼 대하는 베시스토의 격앙된 모습.

주변에 늘어서서 침을 질질 흘리는 마족들의 모습에서 베시스토의 말이 거짓이 아님을 알 수 있었다.

'불고기나 탕수육 같은 요리를 만들어내면 다들 기절할 분위기네. 쩝……'

먹고 마시는 것을 즐거움으로 사는 인간이 아닌 마족임을 다시 한 번 실감하는 이 순간.

갑자기 인생, 아니, 마생의 즐거움도 모르는 이들이 불쌍해지기까지 했다.

"소환수 카르얀, 주군께서 부르신다."

하급 마족들 틈에서 어느새 나타난 중급 마족 병사.

'갑자기 왜?'

막사에 들어가 자신의 소환수를 내팽개친 세를리아.

나를 갑자기 찾았다.

탁탁.

배부르게 먹고 난 뒤에 아쉬움이 전혀 없는 자리.

엉덩이를 털며 자리에서 일어나 뒤따를 채비를 하였다.

"방금 전 먹었던 모든 재료들을 가져오라 하셨다."

'호오, 냄새를 맡은 거야? 아이구, 우리 이쁜 누님.'

한참을 이글거리는 불판에 고기를 구웠으니 냄새가 사방으로 안 퍼질 수가 없을 것이다.

그 냄새에 끌린 317살이나 드신 우리 이쁜 마족 누님.

"베시스토, 잘 알아들었지?"

"네?"

"주군께서 챙겨 오시라잖아. 빨리 재료들을 준비해."

"알겠습니다~!"

나보다 최소 수백 살은 더 살았을 베시스토.

나의 명령에도 전혀 부끄러워하거나 꺼리지 않았다.

뭔지 몰라도 나를 대단히 존경하는 분위기.

마계에서 최초로 내가 편하게 부릴 수 있는 마족이 생기는 순간이었다.

Chapter 12

이판사판 공사판

**마계
대공**
연대기

'하하, 재밌는 누님이야.'

나보다 어린 소녀로 보이지만 이미 수백 년을 사신 누님 세를리아.

남들 보기가 부끄러웠는지 막사 안에서 순식간에 내 허리통만 한 코피론 꽃등심을 아작 내었다.

그리고 다 먹고 나서는 먹을 만하다는 말 한마디 던지고 시치미를 떼었다.

'이번 기회에 마계 꽃사슴 한 마리 키워봐?'

아름다운 여인이 고기를 허겁지겁 먹는 모습이 어찌나 예뼈 보이던지.

붉은 입술에 흐르는 코피론 기름을 혀로 훑어 삼키는 모습은 그 자체가 굉장한 유혹이었다.

병약 미소녀 캐릭터인 세를리아.

남자의 보호 본능을 한없이 자극하는 마족 누님은 나를 즐겁게 해주었다.

'별들이… 예술이네.'

아버지를 따라 군부대 근방에 살았기에 오염되지 않은 밤하늘을 자주 볼 수 있었다.

미리내가 우주 공간을 가로지르는 모습은 아직도 잊혀지지 않는 아름다운 추억이었다.

그런데 마계 밤하늘도 지구 하늘 못지않았다.

세 개의 달이 가로질러 떠 있는 모습이 낯설었지만 검푸른 바다 빛깔 같은 하늘 위에 떠 있는 별들은 형형색색 내 눈에 박혀왔다.

"위험합니다. 이제 결계 안으로 들어가셔야 합니다."

세를리아의 막사에서 고기를 구워주고 나오자 그때까지 기다리고 있던 베시스토.

할 일이 없는 양 나를 졸졸 쫓아다녔다.

귀찮지는 않았다.

이것저것 물어볼 것이 많았기도 했지만 수백 년 산 마족이 나를 주인 취급하는 모습이 신기하기도 했다.

"뭐가 위험한데?"

한 번 말투가 정해지자 그대로 입에 배었다.

"마물들이 나타날 시간입니다."

'마물들?'

낮에 사냥했던 놈들은 대부분 마수라 불렸다.

그런데 이번에는 마물이 나타난다 하였다.

"마물과 마수들의 차이는 뭔데?"

마계어를 배웠지만 아직 모르는 것들투성이였다.

"피의 차이입니다."

"피?"

"마수들의 피는 저희들과 같이 붉습니다. 그들의 몸은 마신 카르베트야님이 창조하신 정당한 창조물들입니다. 하지만 마물들은 피가 검은빛이 도는 진한 녹색입니다. 카르베트야님의 축복이 아닌 저주를 받은 생명체. 언제나 배고프고 모든 것을 파괴하려는 혼돈의 마력을 주체할 수 없는 비정화 생명체가 바로 마물입니다."

'혼돈의 마력을 주체할 수 없는 비정화 생명체······.'

직접 보지는 못했지만 베시스토의 눈동자에 어린 공포를 살짝 엿볼 수 있었다.

"카르베트야님은 그런 것을 왜 만들었어?"

"마신의 서에 의하면 타락하고 무력해지는 자식들을 위한 아버지의 마음이라 적혀 있습니다. 마족들은 태어날 때부터 투쟁하는 존재들입니다. 그러한 본마음을 잊지 말라고 마물들을 창조해 놓으신 것입니다."

'이 무슨 개구리 지랄 이단 옆차기 하는 소리야.'

타락하고 무력해지는 자식을 위한 아버지의 마음이란다.

세상에 어떤 아버지가 자식들을 이리 훈련시킨단 말인가.

물론 우리 아버지도 마신 같은 부류였지만 그래도 무식한 마신 정도는 아니었다.

투쟁하기 위해 태어난 마족들의 정신 기강을 위하여 위험한 마물을 창조한 마신.

역시나 마계다웠다.

"강해?"

"강합니다. 놈들 대부분은 항마력이 뛰어나고 스스로 간직한 혼돈의 마력의 힘으로 어지간한 마족들의 힘은 무시할 수 있습니다. 그렇기에 이렇게 사냥을 나설 때는 상급 마족 이상이 지휘를 함이 전통입니다."

"밤에만 나타나는 거야?"

"아닙니다. 낮에도 나타납니다. 하지만 마신의 세 자식들 중 축복받은 셀루야 여신님의 달에는 주로 밤에 나타납니다. 마물들이 소유한 혼돈의 힘이 약해질 때가 바로 그때입니다.

그렇기에 일 년 중 혼돈의 대지에서 대규모 사냥이 가능한 달은 딱 한 달뿐입니다. 어지간한 중급 마족들도 마물들을 상대할 수 없습니다."

마계어를 배울 때 대충 들어봤던 마신의 세 자식 이야기.

첫째 아들 가를리아는 마신의 첫째 아들답게 오직 힘과 투쟁을 중시하는 전투의 신이라 불리는 존재라 했다.

얼마나 싸우기를 좋아했는지 아버지에게도 싸움을 걸 정도로 담백한 무식을 자랑하는 자라 했다.

그에 반하여 둘째 아들 포르키온은 혼돈의 힘을 소유한 음험한 이라 하였다.

형과 아버지의 싸움에서 둘이 죽기를 기다리는 위험한 존재가 바로 포르키온이었다.

그리고 마지막 마신의 자식들 중에 유일한 여성체인 셀루야.

마신이 가장 사랑하는 딸인 셀루야는 세 달 중에서 가장 작은 달을 의미하였고 온화와 축복이 항상 함께한다고 들었다.

'그래서 저렇게 엄청난 마차를 끌고 왔군.'

일 년에 한 번밖에 할 수 없는 사냥 시기.

최상급 마족인 세를리아가 직접 나설 만하였다.

"그런데 저 결계들은 무슨 역할을 하는 거지?"

푸른 빛무리 같은 둥그런 원형의 결계에 머물고 있는 사냥

나온 마족들.

그 빛들 때문에 하늘을 볼 수 없기에 결계를 통과했지만 아무런 제지나 위험을 감지할 수 없었다.

"혼돈의 마력에 대한 마법 결계장입니다. 순수 마정석에 인첸트 마법을 걸어 혼돈의 마력을 탐지, 방어를 합니다. 다만 일정 수준 이상의 마물들에게는 아무런 장애가 되지는 않습니다."

마법의 생활화가 되어 있는 마계.

하급 마족들이 주로 사용한다지만 그 편리성은 21세기 지구 못지않았다.

물이 없어도 마법으로 갓 목욕탕에서 씻고 나온 사람처럼 변하는 것을 내 눈으로 똑똑히 봤다.

'반드시 배워야 한다.'

한 번 배워두면 두고두고 써먹을 수 있는 유용한 지식.

언젠가 돌아갈 지구에서 사용한다면 돈방석에 돈 이불을 깔고 덮고 잘 수도 있을 것이었다.

"응?"

막 자리에서 일어나 결계로 돌아가려고 마음먹은 그때, 갑자기 피부에 느껴지는 싸늘한 그 무엇.

마치 바늘로 찌르는 것 같은 따끔거리는 감각이 몸에 잡혔다.

"왜 그러십니까?"

"베시스토, 이상한 느낌 안 들어?"

"네? 무슨 말씀이신지……."

달이 훤하게 뜬 밤이었다.

멀리까지는 아니더라도 상당한 거리까지 볼 수 있는 상태였다.

그러나 평원과 구릉으로 이어진 대지에서는 그 어떤 모습도 찾을 수 없었다.

'이상하다. 나만 느낄 수 있는 건가?'

언젠가 숲에서 나를 노려보던 독사의 눈초리 같은 이 살벌한 느낌.

나보다 마력이 훨씬 강한 베시스토가 느끼지 못한다기에 고개를 갸웃거리며 등을 돌렸다.

파삭.

그때 예민한 귓가에 들려오는 파삭거리는 짧은 소음.

"허어억……."

갑자기 헉 소리를 내며 새파랗게 질려 버리는 베시스토.

파사사사사삭.

선명하게 들리는 바닥 갈라지는 소음.

"무, 무슨 일이야!"

"도망치십시오! 빨리 결계로!"

안 봐도 비디오의 최신 버전인 안 봐도 3D.

생명에 위기가 찾아왔음을 감지한 육체는 본능적으로 발을 움직였다.

타다다닥.

한가로이 별 구경한다고 결계에서 떨어진 거리는 약 500미터 정도.

1킬로 정도는 전력질주할 수 있기에 그대로 경찰차에 쫓기는 음주운전자 차량처럼 달렸다.

터더더더덕.

내 뒤를 이어 힘껏 달려오는 베시스토.

워낙 다급한 순간이었기에 마법을 펼치지도 못하고 무작정 달리기만 했다.

'써, 썩을!'

그리고 보았다.

갑자기 지진이라도 난 듯 주변 바닥이 들썩이며 쩍쩍 갈라지는 모습이, 동시에 내 뒤를 따라오던 베시스토가 나를 앞지르며 총알처럼 튀어나가는 것을.

쿠아아아아아아아아아아아아!

귓가에 들려오는 엄청난 괴수의 울음소리.

달리던 상태 그대로 고개를 살짝 뒤로 돌려보았다.

'옴마야!!!'

입에서 터져 나오지도 못한 비명.

영화에서나 나올 법한 광경.

땅을 뚫고 솟아오른 마물이라 불리는 놈의 정체.

전갈이었다.

그것도 족히 10미터 정도 되는 거대한 덩치를 자랑하는 대형 전갈.

퍼적, 퍼적, 퍼적.

한두 마리가 아니었다.

땅 밑에서 잠을 퍼자고 있었던 듯 모습을 드러내는 수십 마리의 대형 전갈들.

진한 갈색 무늬의 지워지지 않는 놈들의 흉측한 형상.

타다다다닥.

위기에 반응하는 태극선기공.

100미터를 몇 초 대로 돌파할 정도로 다리가 엄청나게 빠르게 움직였다.

'마족들이 저렇게 운동신경이 좋았나.'

나를 순종하며 따르던 베시스토.

내 발걸음은 쨉도 안 되게 빠른 발걸음으로 결계를 향해 도망치고 있었다.

나보다 넘치는 마력을 사용함이 분명했다.

카라라라라라라라라라라라라라랑!

그때 등 뒤에서 울리는 묘한 전갈 마물들의 울음소리.

"컥!"

울음에 힘이 실려 있었다.

달리던 와중에 휘청거릴 정도로 강력한 음파가 뒤에서 몰아쳐 왔다.

타다다다다다닥.

잠시 휘청거렸지만 멈출 정도로 내 정신력과 몸뚱이는 약하지 않았다.

이런 날을 대비하려고 아버지가 나를 빡시게 훈련시킨 것 같았다.

'오잉?'

하지만 문제는 바로 베시스토.

갑자기 잘 달려가던 그가 돌멩이에 맞은 개구리처럼 바닥에 철퍼덕 널브러지고 말았다.

'왜……'

의문이 들 시간이 없었다.

콰드드드드드드드득.

귀에 들려오는 놈들의 달려오는 징그러운 발걸음 소리.

쉬쉬쉬쉬쉬쉬쉬쉿.

그리고 들려오는 섬뜩한 음향들.

"살려줘! 헬프 미!"

결계 안에서 어느새 모습을 보이는 마족들의 모습.

거리는 약 100미터 정도.

쪽팔리지만 목숨을 구걸할 수밖에 없는 이 순간.

하지만 쪽팔림보다 내 목숨이 더 소중했다.

파앗!

나의 외침을 듣기라도 하듯 결계 안에서 쏟아져 나오는 수백 자루의 마법창.

'나도 있다고!'

마물들뿐만 아니라 자칫 나까지도 위험할 수 있는 순간.

홈을 파고드는 야구선수처럼 힘껏 바닥에 몸을 날렸다.

쇄애애애애액.

머리 위를 스치고 날아가는 수백 자루의 마력창.

'오예! 네놈들 다 죽었어!'

마수들도 박살 내던 마족들의 창이었기에 고개를 돌려 마물들을 바라보았다.

카가가가가가가강.

"컥……."

예상이 완전 빗나가 버렸다.

바위도 박살 낼 기세로 날아가던 마력창들이었건만 모조리 전갈 마물들에게 튕겨져 나가 버렸다.

'이런 개 같은!'

마력창 덕분에 달리다 말고 바닥에 처박은 내 몸뚱이.

바로 앞에는 아직도 정신을 차리지 못한 베시스토가 거품 물고 쓰러져 있었다.

그리고 창 덕분에 잠시 주춤했지만 맹렬하게 달려오는 전갈 마물들.

덥석 베시스토를 안았다.

어느 해 해병대들과 훈련받을 때 머릿속에 뼈저리게 각인되었던 동료를 버리지 않는다는 그 말.

더욱이 나 때문에 위험을 무릅쓰고 결계 밖으로 빠져나온 베시스토.

그런 베시스토를 버리고 내 목숨만을 구걸한다는 것은 양심이 허락하지 않았다.

'무겁기는 왜 이리 무거워!'

태극선기공을 운용하여 베시스토를 안고 뛰었다.

콰직, 콰직, 콰직.

바로 뒤에서 느껴지는 마물의 움직임.

태어나 처음 맞아보는 절체절명의 위기.

"돌격하라!"

"와아아아아아아아아아아!"

거짓말처럼 들려오는 돌격이라는 짧은 외침과 커다란 함성.

결계를 뚫고 마족 병사들이 달려오고 있었다.

쿠아아아아아아아아아아!

그에 화답이라도 하듯 바로 뒤에서 들려오는 마물의 귀청 떨어지는 울음소리.

고래 싸움에 새우 등 터진 격으로 본의 아니게 그 중심에 서버린 상황.

그리고 바로 내 앞에 제법 큰 구덩이가 보였다.

팟!

생각할 것도 없었다.

특전 훈련 생존 기술 중 하나가 바로 생각과 동시에 몸이 움직이는 방법.

퍼어억.

"아흑."

베시스토를 안고 구덩이에 몸을 날렸으니 온전할 일이 없었다.

쉬이이이이이익.

퍼어어어어엉!

쿠아아아아아, 쿠아아아아아!

넘어지는 순간에 보인 세수대야만 한 크기의 우윳빛 마력탄들.

마물의 가죽에 부딪치는 폭음이 펑펑 서라운드로 울렸다.

"크으……."

구덩이에 처박힌 충격에 깨어난 베시스토.

"크랄루… 하필 저놈들이라니."

깨어나자마자 마물의 이름을 공포에 젼 목소리로 뱉어냈다.

"위험한 놈이야?"

"상급 마물입니다. 일반 중급 마족 병사들이 잡기에는 벅찰 것입니다."

"헐……."

아직도 마족들은 나에게 조폭 중간보스 급으로 보였다.

그런 중급 마족들이 벅찰 정도라면 나는 명함도 못 내밀 정도의 차이.

파바바바밧!

머리 위를 스쳐 지나가며 손에 들린 마력검에 새파란 검기를 물들이는 마족 병사들.

위험한 순간임에도 전혀 두려워하거나 위축됨이 없었다.

아니, 마치 이 순간을 기다리고 있었다는 듯 맹렬한 투지를 불태우는 마족 병사들이었다.

쉬이이이이이이익!

쐐애애애애애액.

중급 마족들만 싸우는 것이 아니었다.

마법을 펼쳐 하늘로 날아오른 하급 마족들 수백 명.

공격 마법을 펼치며 중급 마족들을 보조하고 있었다.

"마법 공격으로는 단단한 크랄루의 껍질을 뚫을 수 없습니다. 그리고 크랄루의 가장 무서운 점은……."

카라라라라라라라라라라라라라라랑!

카라라라라라라라라라라라라라라라라랑!

베시스토의 말이 끝나기 무섭게 나를 휘청이게 만들었던 묘한 음파가 천지 사방에 울려 퍼졌다.

"크윽……."

음파가 퍼진 뒤에 다시 귀를 잡고 쓰러지는 베시스토.

하지만 난 적응이 됐는지 처음과 같은 증상도 나타나지 않았다.

쿠우웅.

"크헉……."

"컥……."

나와 달리 하늘에서 마법을 날리던 하급 마족들과 돌진하던 중급 마족들의 비명이 연달아 울려 퍼졌다.

스으윽.

궁금함에 땅을 뚫고 나온 두더지처럼 고개를 들었다.

"……."

기세 좋게 달려가던 중급 마족들의 모습은 어디에도 없었다.

다만 다리가 여덟 개에 집게발의 커다란 양손과 굴곡마다 단단한 껍질로 몸을 감싼 전갈들이 중급 마족 병사들을 휘젓고 있는 광경이 눈에 들어왔다.

스캉! 카가가강!

하지만 괜히 중급 마족들이 아니었다.

하급 마족들이 고개를 처박고 쓰러지다시피 한 순간에도 몸 하나는 지탱하며 힘겹게 전투를 벌이고 있는 중급 마족 병사들.

위험해 보였다.

'세를리아는 왜 안 나타나는 거야!'

혼돈의 결계를 뚫고 마계에서 이동 마법을 펼칠 수 있다던 마계 귀족 세를리아.

그녀뿐만 아니라 상급 마족들 또한 보이지 않았다.

쉬캉!

"크아아아아악!"

전갈의 몇 미터는 되어 보이는 대형 작두 같은 집게발에 싹 둑 잘린 마족 병사의 몸뚱이.

촤아아아악.

10미터 정도 떨어진 곳에서 벌어진 일이었기에 똑똑히 눈에 들어왔다.

마족의 몸을 돌던 붉은 피가 잘려 나간 몸뚱이 사이를 뚫고 피분수를 만들어내는 장면이.

"이, 이놈들이……."

비록 중급 마족들이 나에게 잘해줬다 할 수는 없지만, 허무하게 피를 흘리며 죽어가는 모습에 마음에 불길이 일었다.

마족이라 불리지만 인간과 별반 다를 바 없는 마족들의 모습.

잔혹한 광경에 치가 떨렸다.

터어어엉.

몸뚱이가 잘려 나간 마족의 손에 들려 있는 마력검.

내 앞에 거칠게 떨어지며 바닥을 뒹굴었다.

방금 자신을 사랑하던 주인이 숨을 거둔 것을 지켜본 듯 검신에 그려진 음각된 도형들에서는 붉은 감이 도는 푸른 빛이 휘돌고 있었다.

'위험하다.'

크랄루라 불리는 전갈 마물들의 숫자는 약 20여 마리.

그에 맞서는 200명의 중급 병사 마족들이 있었지만 상당히 벅차 보였다.

그리고 내 머릿속에는 위험하다는 생각이 가득했다.

'내가 저들을 물리칠 수 있을까…….'

마족들에 비하여 현저한 실력 차이를 보이는 나.

전장에 뛰어들어도 큰 도움은 될 것 같지 않았다.

스스스스슷.

주인의 손을 떠나자 천천히 빛을 잃어가는 마족 병사의 마력검이 눈에 들어왔다.

'제길, 어차피 벼락 맞을 때 한 번 죽은 목숨인데 뭐가 두려워!'

길고 굵게 오래 사는 것이 인생의 모토인 나였지만 마족들이 쓰러지는 모습에 불끈 오기가 치솟아올랐다.

어차피 마족들이 죽고 나면 다음은 내 차례.

선택의 여지가 없었다.

'에라이! 이판사판 공사판이다!'

노가다하는 분들의 삶의 표어 같은 이판사판 공사판.

마력검에 손을 뻗어갔다.

한 뼘이 넘는 두툼한 검신의 마력검.

주인에 대한 복수를 해달라고 나를 향해 간절히 염원하고 있었다.

차라라라라라라라라라라라라라랑!

"크아아아아아아악!"

계속 이어지는 음파 공격에 이은 마족 병사들의 비명.

콰아악!

더 이상의 주저함 없이 검을 잡았다.

찌리리리리릿.
검은 생각보다 가벼웠다.
그리고 검을 잡은 손에서 느껴지는 짜릿한 그 무엇.
위이이이이이잉.
단전 안의 내공이 저절로 활성화되기 시작했다.
아니, 단전뿐만 아니라 태극선기공의 공능으로 인하여 전신 세맥에 녹아 있던 잠재된 내공이 요동을 쳤다.
파아아앗.
휘돌던 내공이 검으로 어느 순간 옮겨갔고, 그 순간 마력검에 새겨 있던 음각된 도형에서 파란 빛이 뿜어져 나오기 시작했다.
'검기… 이상이다!'
검강이라 표현하기는 그렇지만 검기와는 차원이 다른 힘.
파치치치치치치치칙.
그뿐만이 아니었다.
벼락 맞을 때 짬뽕되었을 것이 의심되는 전격의 힘.
내공 속에 섞여 있던 그놈이 발현되는지 마력검에서 파란 검기와 함께 전기의 파장이 발생하였다.
쉬쉬쉬쉬쉬쉬쉬쉬쉭.
검을 들고 서 있는 나를 발견하고 빠르게 다가오는 크랄루 한 마리.

집게발과 날카로운 주둥이에 빨간 피를 수북이 적신 놈이 나를 향해 돌진해 왔다.

'와라, 이 개새끼들아!'

갑자기 마계에 끌려온 내 인생.

내 의지가 아닌 불가항력의 일에 휘말려 꼬여 버린 삶.

피를 흘리며 죽어가는 마족들과 같이 투영되며 활활 불길이 마음속에 일었다.

차라라라라라라라라라라라라랑!

마족들에게 했던 것처럼 내 앞에서 음파 공격을 실시하는 영악한 마물.

"후후후……"

두꺼운 껍질에 가려져 있는 놈의 농구공만 한 노란 눈동자를 향해 비웃음을 날려주었다.

쿠아아아아아아아아아아아!

자신 앞에 서 있는 내가 기분 나쁜지 악을 써대는 크랄루.

쇄애애애애애애애애애액.

무쇠 저리 가라는 단단해 보이는 2미터 정도 되는 집게발을 순식간에 뻗어오는 놈.

"타앗!"

기다리고 있었다.

머릿속에 있는 장백검술의 묘리.

장중한 산맥의 힘처럼 장중한 힘을 담고 있는 마력검.

그대로 놈의 쇳덩이 같은 집게발을 향해 힘껏 휘둘러 갔다.

오직 머릿속에는 놈의 몸통을 박살 내고 대가리를 깨부수리라는 필승의 각오를 다지면서…….

Chapter 13

이미 친 마계 같으니라고!

때
계
대공
연대기

"퇴각 명령을 내려주십시오. 저 정도의 크랄루라면 놈들의 여왕도 있을 것입니다."

"하아……."

결계 밖으로 환히 보이는 전장의 상황.

마계 병사들이 힘겹게 상급 마물인 크랄루와 전투를 벌이는 모습이 보였다.

그리고 세를리아를 보좌하는 상급 마족들의 입에서 마족들과 어울리지 않는 퇴각이라는 말이 나왔다.

"어서 결정을 내려주십시오. 병사들이 전사하고 놈들이 몰려오면 방어 결계장도 얼마 버티지 못할 것입니다. 그러면 자 칫 주군께서도 위험합니다."

"…각성되지 못한 나 때문에 병사들이 피 흘려 죽다 니……."

"주군의 잘못이 아닙니다. 그리고 저들은 죽어서도 행복할 것입니다. 용감히 싸우다 전사한 자는 모두 카르베트야님의 품으로 돌아가지 않습니까."

안타까워하는 세를리아를 애써 위로하는 상급 마족들.

그들의 힘이라면 크랄루를 어찌 막을 수 있을 것이었다.

하지만 세를리아 곁에서 전혀 움직이지 않는 그들.

"병사들을 도와줄 수 없나?"

세를리아가 상급 마족들을 보면서 도와줄 수 없냐고 물었다.

"불가합니다. 마황님께서 명하셨습니다. 그 어떠한 경우라도 주군께서 각성하실 때까지 최우선적으로 안전을 도모하라고 말입니다."

주군이라 할 수 있는 세를리아의 명을 거절하는 상급 마족들.

그들의 눈에도 전장에 뛰어들고 싶은 투기가 넘쳐흘렀다.

하지만 절대적으로 복종해야 할 마신 카르베트야에게 성스러운 은총을 받은 마황의 명령이 우선이었다.

"그럼… 하급 마족들부터 움직여라. 병사들의 죽음이 헛되지 않도록."

"명을 받드옵니다!"

전투가 시작되는 순간부터 이미 하급 마족들은 움직이고 있었다.

힘없는 주군을 만나 이런 일이 비일비재했던 세를리아의 다스림을 받는 마족들.

사냥감들을 버리고 도망친다면 목숨을 구할 수 있을 것이었다.

쿠에에에에에에에에에에엑!

"……?"

퇴각 명령을 내리고 마지막으로 전장을 바라보던 세를리아.

갑작스럽게 울리는 크랄루의 처절한 비명에 눈을 크게 떴다.

"저, 저……."

그리고 눈에 선명하게 들어오는 한 장면에 깜짝 놀라고 말았다.

분명 자신에게 고기를 구워주고 어디서 잠이나 퍼자고 있을 줄 알았던 인간 소환수.

그가 전투 현장에 뛰어들어 있었다.

이 미친 마계 같으니라고! 293

"크하하하하하하하하하하하하하하하!"

그것도 거대한 크랄루의 머리통에 깊숙이 마력검을 꽂아 놓고 시원한 웃음을 터뜨리면서 말이다.

"크하하하하하하하하하하하하하하하!"

나한테 개기던 놈의 머리통이 터져 나가고 녹색 뇌수가 사방에 퍼져 나갔다.

쿠웅!

머리통이 쪼개지자 그대로 바닥에 처박히는 놈의 커다란 몸뚱이.

'나에게 이런 엄청난 힘이!'

내가 벌이고도 믿을 수 없는 현실.

놈의 집게발을 검으로 막았을 때만 해도 죽음을 각오했었다.

그러나 생각했던 것보다 일이 쉽게 풀렸다.

지지직거리는 파장을 만들어내는 마력검에 부딪친 놈의 단단한 집게발 껍질이 퍼걱 하며 부서져 버렸던 것이다.

그리고 시작된 무자비한 칼질.

전생의 원수라도 되는 양 10미터짜리 마물의 몸통을 도마 위의 고깃덩이처럼 아작을 내었다.

그러다 분노에 찬 놈이 당황하는 사이 머리 몸통을 밟고 위로 올라 대갈통에 검을 그대로 쑤셔 넣었다.

 물론 쑤셔 넣는 동시에 검기가 확산되도록 내공을 살짝 더하는 것도 잊지 않았다.

 타다다닷.

 힘껏 웃음을 터뜨리고 난 뒤에 몸을 돌렸다.

 사방에서 벌어지는 처절한 전투.

 마족 병사들은 죽음을 두려워하지 않고 마력검을 휘둘렀다.

 대부분 껍질에 막혀 튕겨져 나갔지만 다굴에는 장사없듯 마족들의 공격에 대여섯 마리의 크랄루가 녹색 액체를 토하며 널브러져 있었다.

 그 대가로 마족 병사들도 반수 이상이 쓰러져 있었다.

 '내공이… 달라졌다.'

 짧은 시간이었지만 마계의 묵직한 자연지기를 흡수한 몸뚱이.

 하단전에 들어차 있는 내공뿐만 아니라 세맥 안에 잠재되어 있는 기운들이 모두 변해 있었다.

 전투를 벌이자 활발히 활성화되는 내공들.

 바닥을 치고 나가는 발걸음도 가벼웠고, 전신의 세포들은 최고로 긴장하며 감각을 극대화시켰다.

 "타앗!"

막 넘어진 마계 병사를 향해 집게발로 찍어 죽이려는 크랄루.

몸을 날려 놈의 집게발 사이의 관절을 후려쳐 갔다.

퍼거거거거걱!

손에서 느껴지는 달걀 껍질 수백 장을 한꺼번에 자르는 감촉.

쿠아아아아아아아아!

갑작스러운 고통에 울부짖는 놈.

퍼거!

놈의 울음이 끝나기도 전에 단단하고 두꺼운 놈의 집게발은 싹뚝 잘려 나갔다.

지지지지지지직.

그런 놈의 집게발과 잘려진 접촉 부근에서는 푸른 스파크가 튀었다.

쇄애애애애애애액.

하지만 놈은 바보가 아니었다.

지능이 어느 정도인지는 모르지만 닭대가리와 비교할 수 없을 정도로 영특하다는 점이 바로 이어지는 후속 공격에서 드러났다.

나를 향해 몸통 후려치기를 시도하는 놈.

팟!

바보처럼 그대로 있을 수 없었다.

오른 집게발이 잘려 있는 상황이었기에 후려치는 몸을 피해 재빨리 왼쪽 집게발 쪽으로 몸을 날렸다.

콰드드드득.

그 와중에도 손은 쉬지 않았다.

남아 있는 왼쪽 집게발을 힘껏 잘라 버렸다.

쿠아아아아아아아아아!

공격의 핵심인 두 집게발이 잘려지자 분노과 고통에 울부짖는 크랄루.

'이 개새끼, 지 아프니까 생난리를 치네!'

마족들을 처참하게 죽이던 모습은 어디로 가고 고통에 울부짖는 놈.

고문집행자들이 고문에 가장 약하다던 어느 책의 한 구절이 생각났다.

'이만 꺼져라.'

아직도 남아 있는 숫자가 제법 되었다.

쉬고 있을 순간이 없는 이 몸.

집게발이 잘려 나가도 큰 덩치 때문에 내가 뛰어갈 수 있을 정도인 놈의 뱃가죽.

마력검에 내공을 불어넣으며 힘껏 가죽을 가르며 뛰어갔다.

후두두두두두두두두둑.

상체보다는 좀 더 연한 놈의 뱃가죽.

악어가죽처럼 생겨 있던 놈의 뱃가죽이 검에 잘려 나가며 바닥으로 후두둑 떨어지는 놈의 진득한 녹색 체액과 각종 장기들.

크에에에에…….

순식간에 내장 부위가 바닥으로 쏟아지자 마지막 울음을 토하고 쓰러지는 놈.

치지지지지직.

마력검에 의하여 찢겨진 놈의 몸에서 스파크가 일었다.

'내가 혹시 번개맨?'

어린이 TV에서 보았던 악당을 물리치는 번개맨의 아이들을 홀리던 그 어설픈 모습.

슈퍼맨은 못 되더라도 하다못해 아이언맨 정도는 되고 싶었건만, 어째 번개맨이 머리에 그려졌다.

"놈들이 얼마 남지 않았다! 모두 힘을 내라!"

"마족의 영광을 위하여!"

"와아아아아아아!"

내가 순식간에 두 마리를 해치우자 지켜보던 마족들이 기운을 돋우며 함성을 질렀다.

'나도 질 수야 없지!'

힘이 없다면 모를까.

마물들에게 통하는 이 순간.

두려울 것이 없었다.

마족들에게 지지 않기 위하여 다음 목표를 향해 고개를 돌렸다.

쩌저저적, 쩌저저저적.

'오잉?'

그때 갑자기 전장 한복판의 땅이 쩌저적, 갈라지기 시작했다.

크랄루가 나타날 때가 진도 7의 지진이라면 지금은 진도 9의 최고급 강진의 형상.

후두두두두두둑.

땅이 갈라지는가 싶더니 후두둑 엄청난 양의 흙이 사방으로 비산하였다.

순식간에 사방을 덮치는 뿌연 먼지.

그리고 서서히 모습을 드러내는 한 물체.

"헉! 이 새끼는 또 뭐야……."

새로이 나타난 놈도 크랄루가 분명하였다.

하지만 내 눈동자에 잡히는 놈의 모습.

쿠아아아아아아아아아아아아아아아아아아아!

천지가 떠나가라 울음을 토하는 새로이 나타난 크랄루.

놀랍게도 내가 지금껏 상대했던 크랄루는 모두 덤프트럭 앞의 티코 수준.

크랄루 한 마리가 10미터가 넘건만 새로 나타난 놈의 몸뚱이는 무려 20미터는 족히 될 정도였다.

그런 놈의 몸뚱이에서 줄기차게 뿜어져 나오는 엄청난 마력파장.

온몸이 바르르 떨렸다.

고개를 들어 한참을 올려다보아야 할 놈의 상판때기.

힘껏 치솟아오르던 투기가 강렬한 소나기를 만난 들불 신세처럼 사르르 식어버렸다.

"이 미친 마계 같으니라고!"

그리고 입을 열고 자연스럽게 흘러나오는 한마디.

이곳은 미친 마계가 분명하였던 것이다.

『마계대공 연대기』 2권에 계속…

覇君
패군

설봉 新무협 판타지 소설

무협계를 경동시킨 작가, 설봉!
그가 다시금 전설을 만들어간다!!

수명판(受命板)에 놓고 간 목숨을 거둔 기록 이백사십칠 회!
생사를 넘나드는 전장에서 매번 살아 돌아오는 자, 계야부.
무총(武總)과 안선(眼線)의 세력 싸움에 끼어들다!

"죽일 생각이었으면 벌써 죽였다. 얌전히 가자."
"얌전히, 그 말…… 나를 아는 놈들은 그런 말 안 써."
무총은 그를 공격하지 않는다. 공격할 이유가 없다.
다른 사람들은 그의 존재조차도 알지 못한다.
오직 한 군데, 안선만이 그를 안다.
필요하면 부르고, 필요치 않으면 버리는
철면피 집단이 다시 자신을 찾아왔다.

나, 계야부! 이제 어느 누구에게도
휘둘리지 않겠다!!

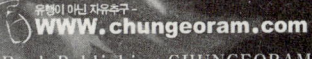

WWW.chungeoram.com
Book Publishing CHUNGEORAM

天劍無缺
천검무결
매은 新무협 판타지 소설
그리고, 전설은 신화가 되어……
한 시대에 한 사람.
언제나 최강자에게로 수렴하던 역사의 흐름이 끊겨 버린 땅.
그 고고한 물길을 자신에게로 돌리려는 욕망의 틈바구니에서
전설은 태어난다.
교차하는 검기, 어지러운 혈향을 뚫고 하늘에 닿아라!
유행이 아닌 자유추구 -
WWW.chungeoram.com
Book Publishing CHUNGEORAM

저작권 보호!!
장르문학의 성장에 힘이 되어주십시오.

저작물의 무단 전재와 복제, 불법 다운로드! 이것은 관심이 아니라 무관심입니다!

작가님들은 창의적 열정과 시간을 투자해 자신의 꿈과 생계를 유지합니다.
한 권의 책을 만들어 많은 사람들은 자신의 인생과 미래를 설계합니다.

저작물 속에는 여러 사람의 노력과 희망이 담겨 있습니다!

저작물의 무단 전재와 복제, 불법 다운로드는 여러 사람들의 꿈과 생계를
위협함으로써 장르문학을 심각한 상황에 빠뜨리고 있습니다.

이제는 무관심이 아니라 관심으로 장르문학의 성장에 힘이 되어주세요.

[도서출판 **청어람**은 항시적인 저작권 보호를 통해 장르문학과
여러분의 희망을 지키겠습니다.]

> 저작물의 무단 전재와 복제, 불법 다운로드는 법률에 의해 처벌받을 수 있습니다.
> 저작권법 제97조의5 (권리의 침해죄)
> 저작재산권 그 밖의 이 법에 의하여 보호되는 재산적 권리(제73조의 4의 규정에 의한 권리를
> 제외한다)를 복제·공연·방송·전시·전송·배포·2차적 저작물 작성의 방법으로 침해한
> 자는 5년 이하의 징역 또는 5천만 원 이하의 벌금에 처하거나 이를 병과(동시에 두 가지 이상의
> 형벌을 지우는 일)할 수 있다.

도서출판 **청어람**

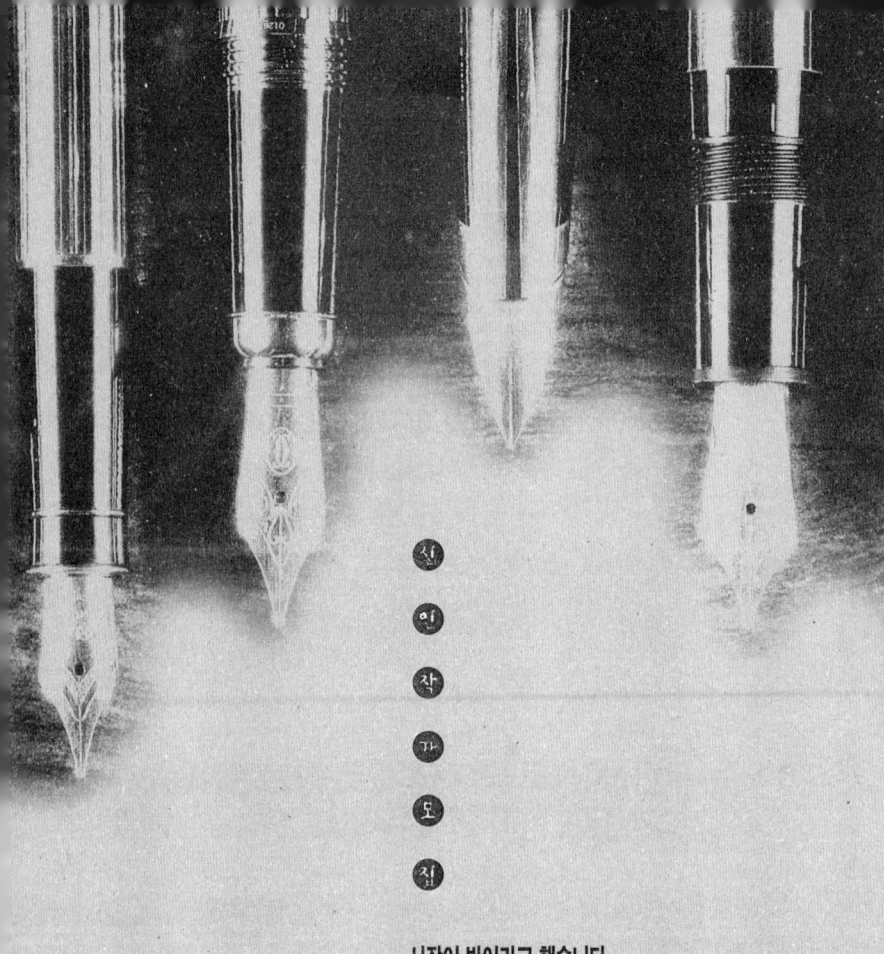

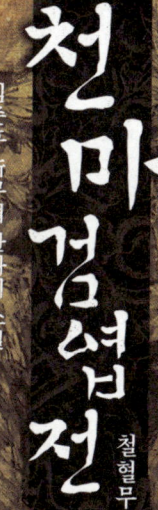

인세에 지옥이 구천되고 마의 군주가 친신하면
그 누구도 그를 막지 못하리라!
이는 태초 이전에 맺어진 혼돈의 맹약, 육신에 머문 자나
육신을 벗은 자나 누구도 피할 수 없는 구속의 약속일거니……

주검과 피, 그리고 살기가 강물처럼 흐르는 전장에서
본연의 힘을 되찾게 되는 신마기!
신마기의 주인은 전장을 거칠 때마다 마기와 마성이 점점 더 강해져
종국에는 그 자체로 마(魔)가 된다…….

제어되지 않는 신마기…
이는 곧 혼돈의 저주, 겁화의 재앙이다!

유행이 아닌 자유추구 -
WWW.chungeoram.com
Book Publishing CHUNGEORAM

일류 新무협 판타지 소설

天山魔帝
천산마제

내일을 기약할 수 없는 땅, 천산.
소녀로부터 은자 한 냥의 빚을 진 소년 용악
청년이 된 용악은 천산의 하늘이 된다.

하늘을 가르고 땅을 뒤엎는다!
한 호흡에 만 개의 벽(壁)!!
지금껏 내게 이빨을 드러낸 것들은 모두 죽었다.

은자 한 냥의 빚을 갚으며 시작된
십천좌들과의 승부.
오너라! 천산의 제왕, 천산마제가 여기 있다!

유행이 아닌 자유추구 -
www.chungeoram.com
Book Publishing CHUNGEORAM

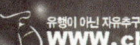

유행이 아닌 자유추구 -
WWW.chungeoram.com
Book Publishing CHUNGEORAM

長虹貫日
장홍관일

월인 新무협 판타지 소설

세상은 언제나 정의가 승리하고,
그래서 사필귀정(事必歸正)이라고?

개소리!

세상은 나쁜 놈들이 지배하지.
그러나 그놈들은 아주 교활해서 절대로 나쁜 놈처럼 안 보이지.
현재 무림을 지배하고 있는 백도의 어떤 인간들처럼……

암제혈로

설경구
新무협 판타지 소설

- 떠나세요, 가능한 한 멀리.
- 하나만 기억하세요. 일단 살아남아야 후일을 도모할 수 있습니다.
- 떠나.

오랫동안 연락이 두절되었던 이들이 약속이라도 한 듯 찾아와 꺼낸 이야기들과 함께 시작되는 집요한 추적.
그리고 거대한 음모에 휘말려 억울한 누명을 쓴 채로 오직 살아남기 위해 필사적으로 도주하는 한 사내, 진가흔.

"왜 하필 나입니까?"
"자네가 가장 적당하기 때문이지."
"아시겠지만 그를 죽인 것은 제가 아닙니다."
"물론 알고 있네. 그런데 말일세… 그래도 그를 죽인 것이 자네라는 사실은 변하지 않네."

누구를 믿어야 할까.
적어도 명확하지 않은 상황에서 이유조차 모른 채 도주하던
한 사내의 역습이 시작된다.

유행이 아닌 자유추구 -
WWW.chungeoram.com
Book Publishing CHUNGEORAM